Una historia de otro planeta

Las Inmundas Aventuras de Inker

Dibujos
Santiago Casal

Guion
Fernando Proto Gutierrez

Casal, Santiago y Proto Gutierrez, Fernando

Las Inmundas Aventuras de Inker - 1ra ed. -
Buenos Aires : Arkho Ediciones, 2022.
234 p. ; 23 x 15 cm.

ISBN: 978-987-86468-1-7

1. Historieta

Un agradecimiento al sigiloso tiempo
que ha herido cada viñeta

CDD: 863.022
1ra edición digital: abril de 2020
1ra edición impresa: mayo de 2022

Edición y maquetación: Agustina Issa
Ilustración de tapa: Santiago Casal
Diseño de tapa: Fernando Proto Gutierrez

www.arkhoediciones.com
info@arkhoediciones.com

Instagram: ArkhoEdiciones | InmundasAventuras
YouTube: Arkho Ediciones
Facebook: Arkho Ediciones
Spotify: Arkho Ediciones

Capítulo I

Dusmort

... en los albores de un tiempo inmemorial, una lucha milenaria cambiará nuestro mundo...

EL DILUVIO DESPERTÓ LA IRA DE LOS ANTIGUOS PATRIARCAS DEL TIEMPO
Y EN LOS PÁRAMOS DESÉRTICOS DE ESE MUNDO OSCURO HABRÍA DE DEBATIRSE EN DESIGUAL LID, PASADO, PRESENTE Y FUTURO
HERDEST, ESCLAVO NIGROMANTE DE DUSMORT Y ENEMIGO DE LA TIRÁNICA CASTA ZIJ, RECOBRABA PARA SU LINAJE EL SACROSANTO RELOJ, QUE EN SU SENO ACOGE A TODO NUESTRO UNIVERSO

TRAIGAN A ESE RENACUAJO ESCUÁLIDO A MIS PIES ¡AHORA MISMO!
PERO...UNA HUESTE DE MUERTOS MERCENARIOS NO HARÍA TAN FÁCIL LOGRAR EL COMETIDO
TODOS SABEN YA QUÉ HACER...¿NO?

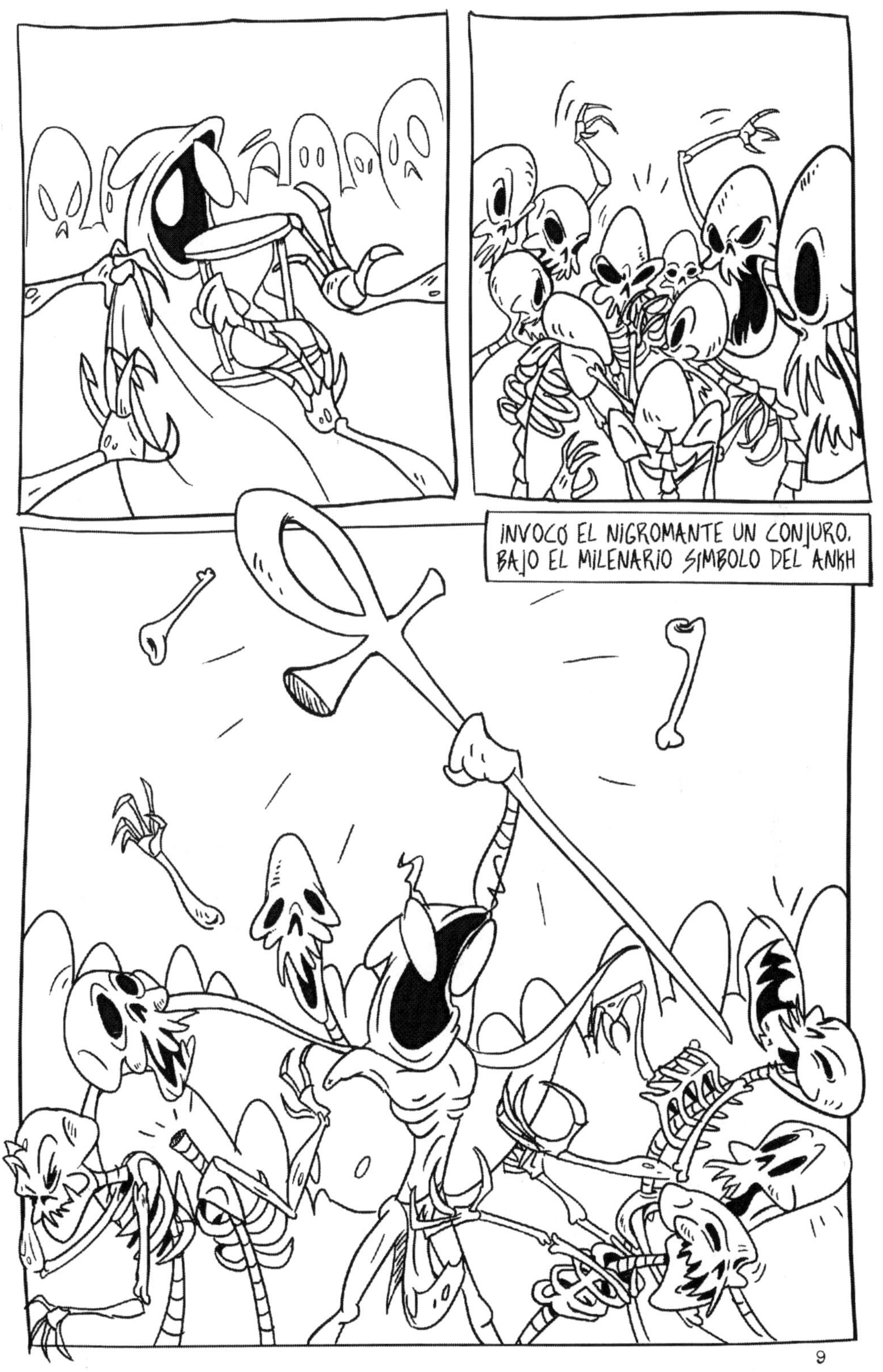
INVOCÓ EL NIGROMANTE UN CONJURO.
BAJO EL MILENARIO SÍMBOLO DEL ANKH

A MÍ NO
ME GOLPEÓ
TODAVÍA
DON HERDEST...
DESPACIO, MUCHACHO...
OJO POR OJO Y EL MUNDO
TERMINARÁ CIEGO
Y TRAS LA BATALLA LOS MUERTOS CAYERON DERROTADOS

COF
COF!

¿NO SE OLVIDA DE ALGO, DON?

CRACK!

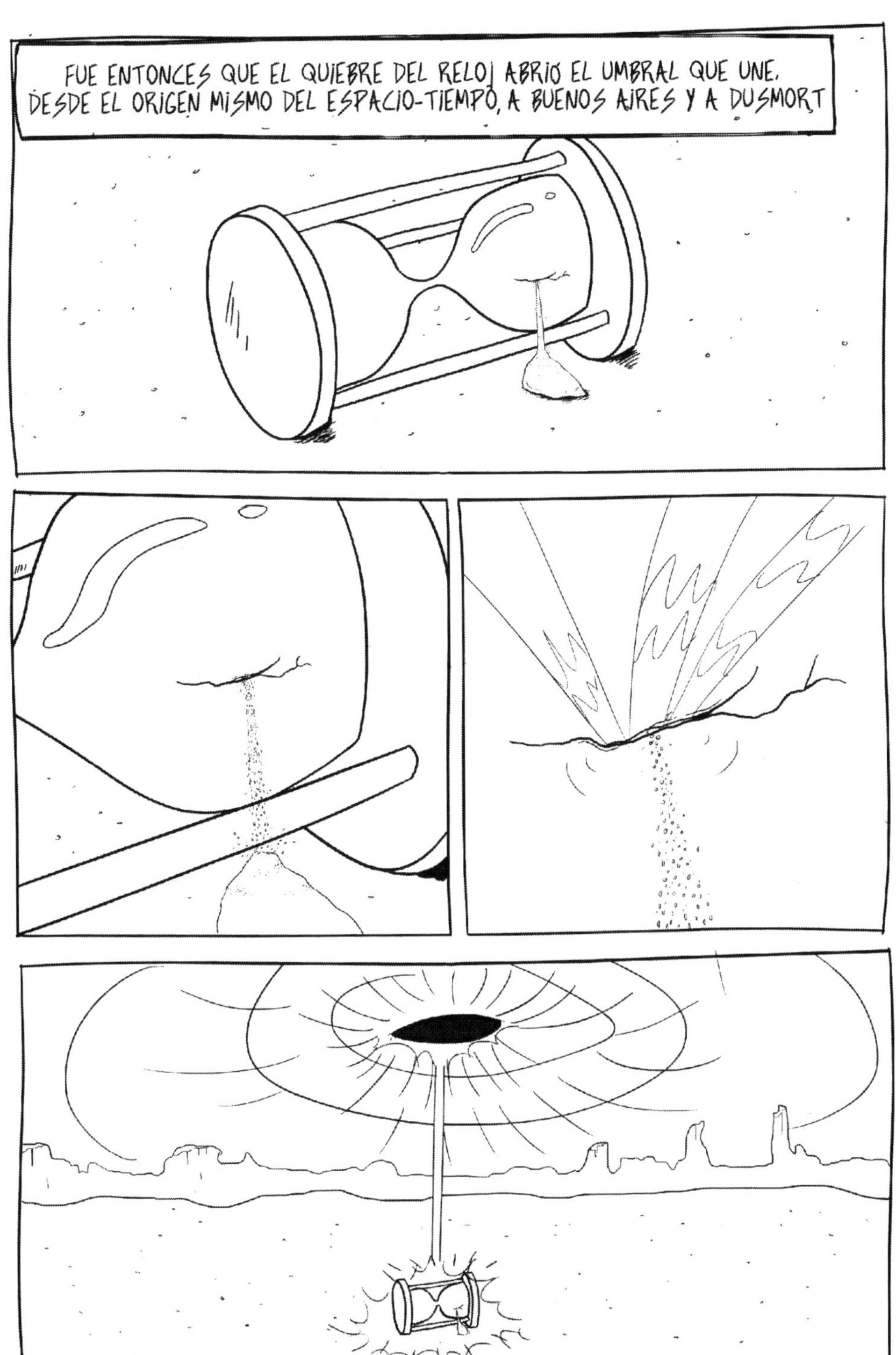
FUE ENTONCES QUE EL QUIEBRE DEL RELOJ ABRIÓ EL UMBRAL QUE UNE, DESDE EL ORIGEN MISMO DEL ESPACIO-TIEMPO, A BUENOS AIRES Y A DUSMORT

LA CAÍDA DE HERDEST SIGNIFICÓ EL TRIUNFO DE UXTOR, EL REY GOLEM.
...JA...

JA
JA
JA
JA
MALVADO
JA JA
JA
OSCURO
JA
JA
JA
JA!
SINIESTRO
COF
COF
Y UN POCO TIERNO...
JA JA JA JA
UXTOR

¡SNAP!

!
!

TOC
!
CLACK
TOC
CLACK!
TOC

ENCARCELEN AL BRUJO. TORTÚRENLO HASTA DESTAZARLO Y PREPÁRENME UNA CHOCOTORTA!

MMM...TIEMPO QUE TE QUIERO TODO ¡TODITO!

¿EH?

¡¡¡...ACÁ NO HA PASADO NARINGAS!!!

YO SOLO PASABA A SALUDAR

¿Y POR QUÉ NO METES TUS NARICES EN OTRA PARTE?

!

DE TEMPORUM FINE COMOEDIA...

Capítulo II

Plusvalía

...el laberinto de los trabajos y de
los días angustia a nuestro
pequeño Inker...

POF!
¡HERDEST!

!

¿TODO
IN ORDEN, UNIDAD-46?

LI REPITO.
¿SE INCUENTRA USTED BIEN ?

¡SÍ!...SÍ. SOLO ESA PESADILLA HORRIPILOZA

BUEH...¡A LABURAR!
PiiiP!
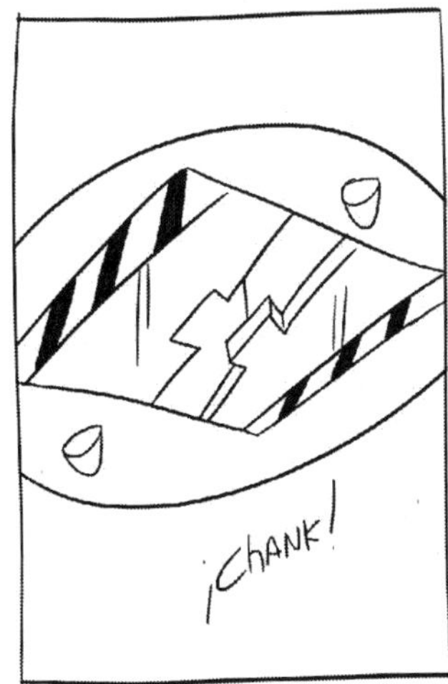
¡ChANK!

VROOM!
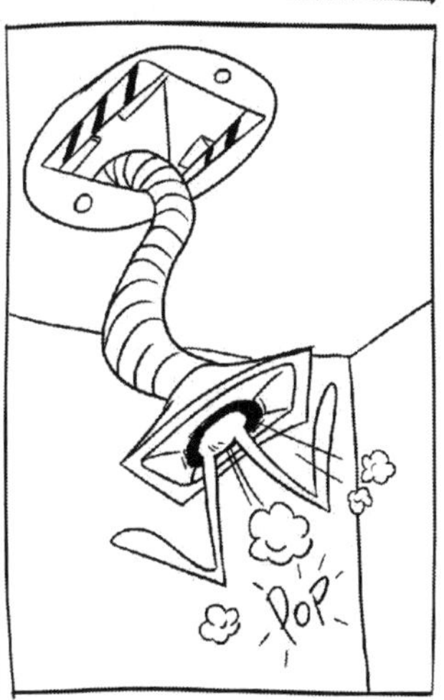
POP

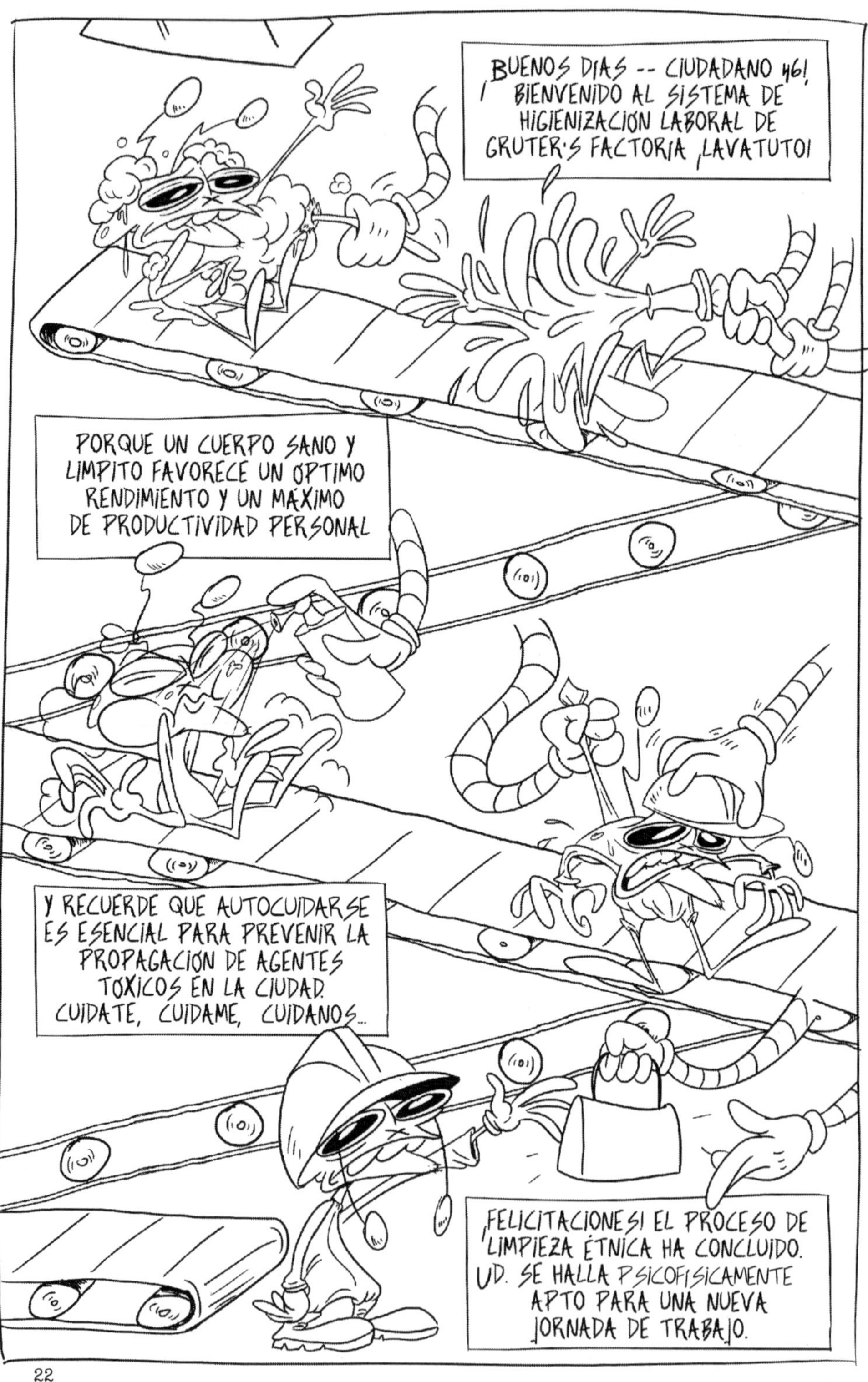
¡BUENOS DIAS -- CIUDADANO 46! ¡BIENVENIDO AL SISTEMA DE HIGIENIZACIÓN LABORAL DE GRUTER'S FACTORÍA ¡LAVATUTO!
PORQUE UN CUERPO SANO Y LIMPITO FAVORECE UN ÓPTIMO RENDIMIENTO Y UN MÁXIMO DE PRODUCTIVIDAD PERSONAL
Y RECUERDE QUE AUTOCUIDARSE ES ESENCIAL PARA PREVENIR LA PROPAGACIÓN DE AGENTES TÓXICOS EN LA CIUDAD. CUÍDATE, CUÍDAME, CUIDANOS...
¡FELICITACIONES! EL PROCESO DE LIMPIEZA ÉTNICA HA CONCLUIDO. UD. SE HALLA PSICOFÍSICAMENTE APTO PARA UNA NUEVA JORNADA DE TRABAJO.

¡DUENDECILLO IMPERTINENTE! EN MI PLANETA ESTAS COSAS NO PASABAN...
¡PERDONE, SEÑORITO!

OVNI BUS
76
OJALÁ TUVIERA SUS ALAS
PRR...

76

5 A 0... TRIUNFO DE BOCA, TODO' LO' GOLE' EN CONTRA...
...Y SI AMENAZARON A LOS RIVALES DE MUERTE... ¡MA' VALE QUE GANABAN!

TRAS LA CONQUISTA DE LA TIERRA LOS HUMANOS FUERON PERSEGUIDOS POR INVASORES ALIENÍGENAS ADICTOS A SUS PIELES, OBLIGÁNDOLOS A REFUGIARSE EN LAS ALCANTARILLAS. GULHAMS, GRISES, AGARTHINOS Y REPTILIANOS DOMINABAN POR COMPLETO LAS CIUDADES... Y BUENOS AIRES NO ERA LA EXCEPCIÓN.

LA ANTIGUA RAZA INNERNIANA, EN OTROS TIEMPOS PLAGA INOCENTE QUE PULULABA EN LA FLORECIENTE MATRIA DE INN, HABIA SIDO DERROTADA EN "LA BATALLA DEL GRITO" Y ESCLAVIZADA EN CAMPOS DE TRABAJO DESTINADOS AL CULTIVO, CRIANZA Y PROCESAMIENTO DE PIELES HUMANAS

¡LLEGAMO'!

GRUTER
CORPORATION
76
OVNI
BUS
¡HOY LO HARÉ MEJOR!

¡BUEN DÍA, CAMARADAS!

¡NO TAN, RÁPIDO, 46!

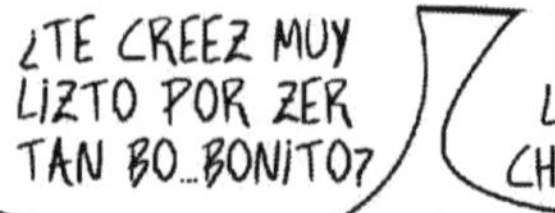
¿TE CREEZ MUY LIZTO POR ZER TAN BO...BONITO?

OTRA VEZ TARDE, 46... LA PRÓXIMA VEZ QUE ZUZEDA CHILLARÁZ COMO UN TERRÍCOLA...

¿TE QUEDÓ CLARITO?

CLARITO COMO TUS OJITOS, LAHL

¡AZÍ ME GUZTA!

¡A TRA-TRABAJAR!

¡PIEDAD!
JAPISH!

LA PRODUCCIÓN DE PIELES HUMANAS ES UN TRABAJO COMPLEJO QUE REQUIERE EFICIENCIA Y BUEN GUSTO. LOS INNERNIANOS COMPROMETEN SUS MÁS ALTAS COMPETENCIAS EN EL PROCESO.

...EN ESTA VIDA TODO ES MUERTE...
LOS EMPLEADOS FELICES SON MÁS PRODUCTIVOS ¡Y EN GRUTER'S FACTORÍA LA INDUSTRIA JAMÁS SE DETIENE!
PAT PAT
¡TODAVÍA TIENE ARRUGAZ!
ES QUE ERA MUY ANCIANA...

EL BUEN GUSTO DE LOS AGARTHINOS LOS TRANSFORMA EN PERFECTOS INSPECTORES QUE ASISTEN EN EL PROCESO DE CONTROL DE CALIDAD. SIN ELLOS, TODO LO BUENO Y BELLO QUE HAY EN LAS PIELCITAS HUMANAS SERÍA COSTOSAMENTE DESPERDICIADO.

LAS PIELES HUMANAS CONSTITUYEN UNO DE LOS BIENES MÁS CODICIADOS POR REPTILIANOS Y AGARTHINOS, SIENDO ADEMÁS UN MOTIVO DE ELEVACIÓN DE ESTATUS SOCIAL.

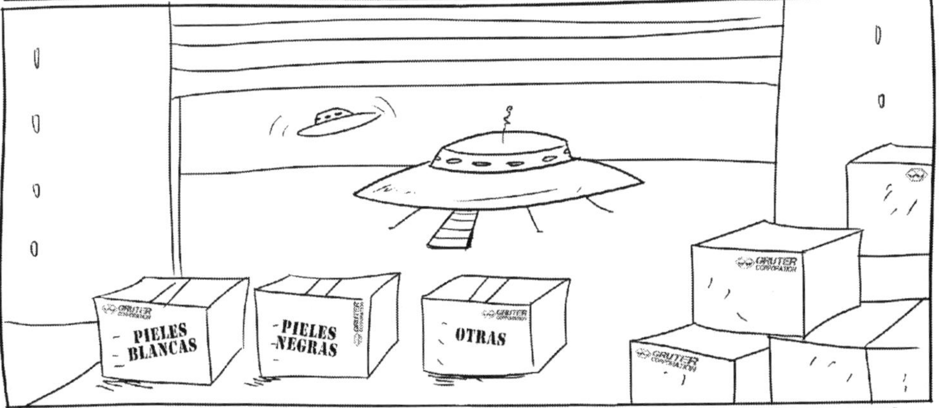

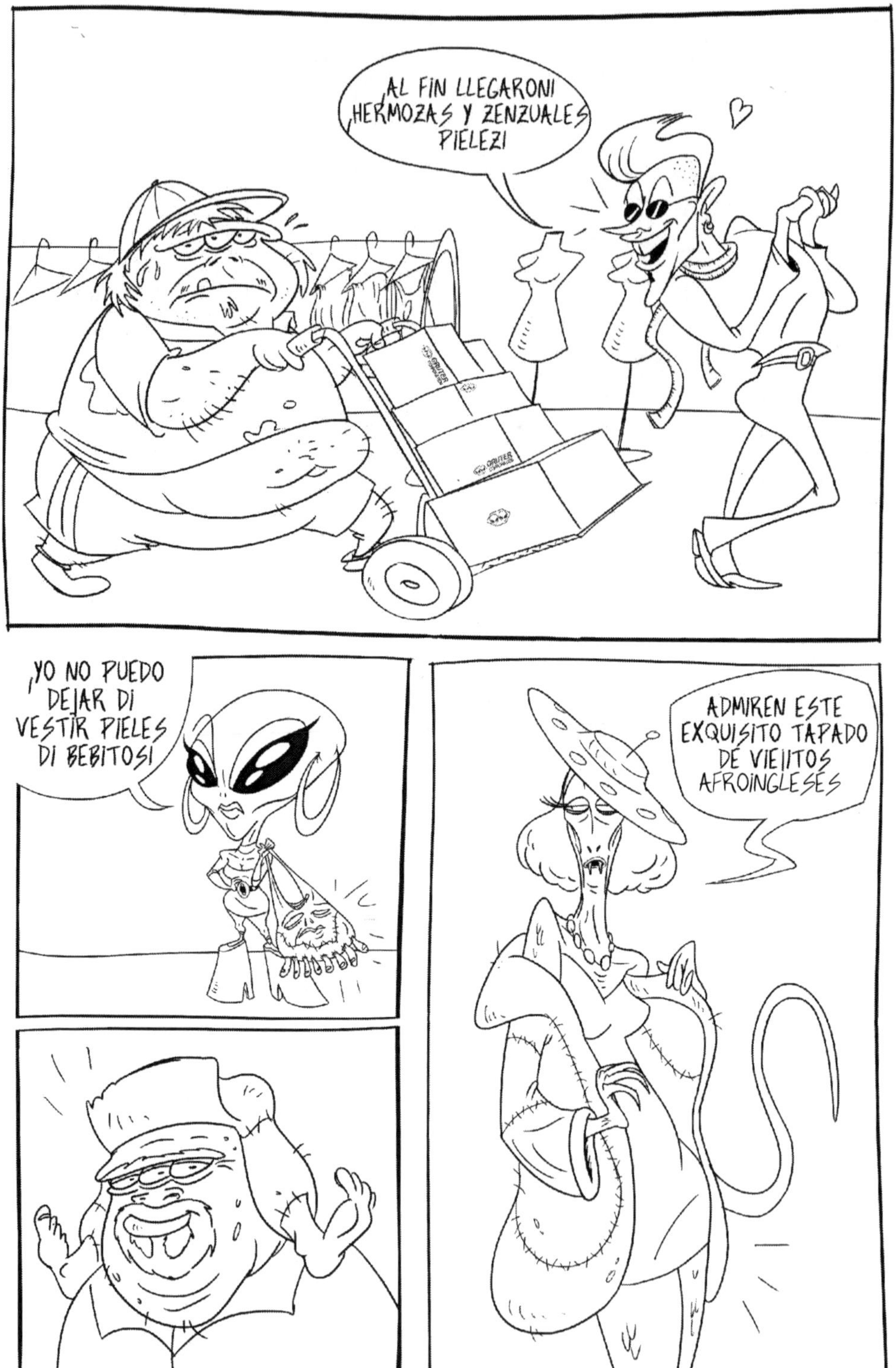

¡AL FIN LLEGARONI
HERMOZAS Y ZENZUALES
PIELEZI

MIENTRAS TANTO
¡COMPENZARÁS TUZ ERROREZ CON DOZ HORAZ MÁZ DE TRABAJO!
¡SÍ, SEÑOR!
FUUUUUU!
SOLO QUIERO MI CENA.. Y UN DIA MENOS EN ESTA PRISIÓN

Capítulo III

Mangiatröne

...y no hay tristeza que un buen pollo no sosiegue...

LA DIETOTERAPIA ES UN DISPOSITIVO QUE AUMENTA LAS PROBABILIDADES DE TENER UNA VIDA MÁS HIGIÉNICA Y SALUDABLE

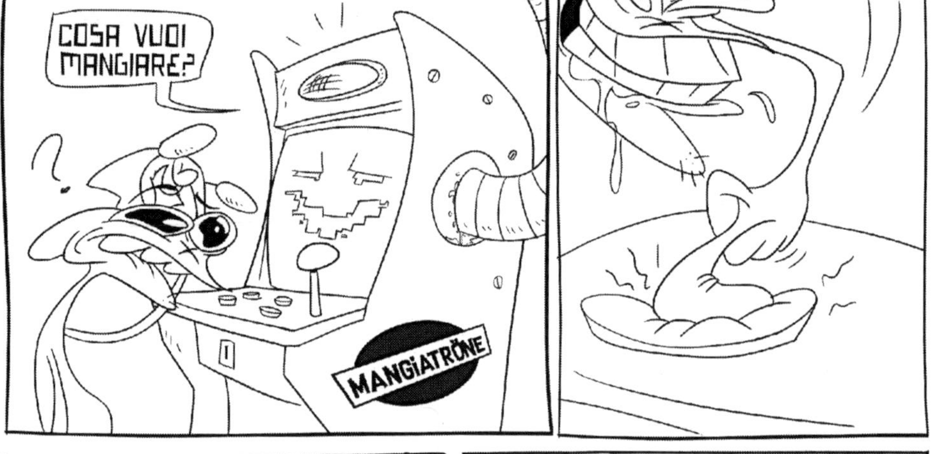

GRUTER'S FACTORIA OFRECE A SUS EMPLEADOS ALIMENTO BALANCEADO DE ALTO VALOR NUTRICIONAL
LA SCENA È GIÀ PRONTA!
!!!
¿COS'È QUESTA MERDA?

¡VAFFANCULO!

PAF!
!
UNIDAD 46.
CONTROL SOLICITA...
¡RESPETAR A LOS ANIMALES!

MALDITO APARATEJO HIJO BASTARDO DE UN DEMONIO...
LOS ANIMALES TIENEN LA BUENA FORTUNA DE ESTAR MUERTOS!

LA IRA CONVIERTE A LOS INNERNIANOS EN...
... ¡INMUNDOS ESCARABAJOS RASTREROS!

UNIDAD 46 CONTROL SOLICITA QUI SE AJUSTE A PROCEDIMIENTO IN-ME-DIA-TA-MEN-TE!
¡¿TRES MILLENIA DI EVOLUTIONA PER CONFUNDIRE POYUELO CON RATA!?
CONTROL REQUIERE LA FIRMA DIL FORMULARIO RN-AFIP-P23X PARA COMPLETAR SU ENVIO IN TIEMPO Y FORMA

LA VIDA DE UN ALIENIGENA ESCLAVIZADO ES A VECES LARGA Y SERENA
ERROR
MANGIATRÖNE

¿A QUÉ TIERRA FUI ARRASTRADO?

LA VIDA APESTA...

!!!

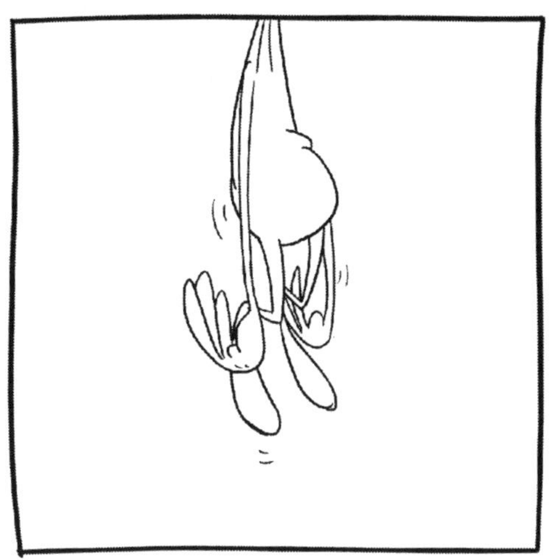
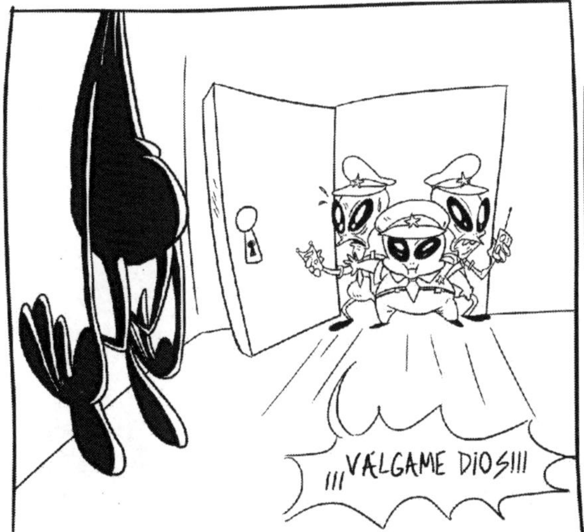
¡¡¡VALGAME DIOS!!!

SI ES EL MÁS PASMOSO DE TODOS LOS DESTINOS...

¡UN DESASTRE TERRIBLE QUE NO PUEDE ESCUCHARSE NI SER CONTEMPLADO!

NO DEBÍA SER ASÍ
¡YA NO PUEDO MAS!

OYE, REINA DEL DRAMA...
QUE SEA LA ÚLTIMA VEZ

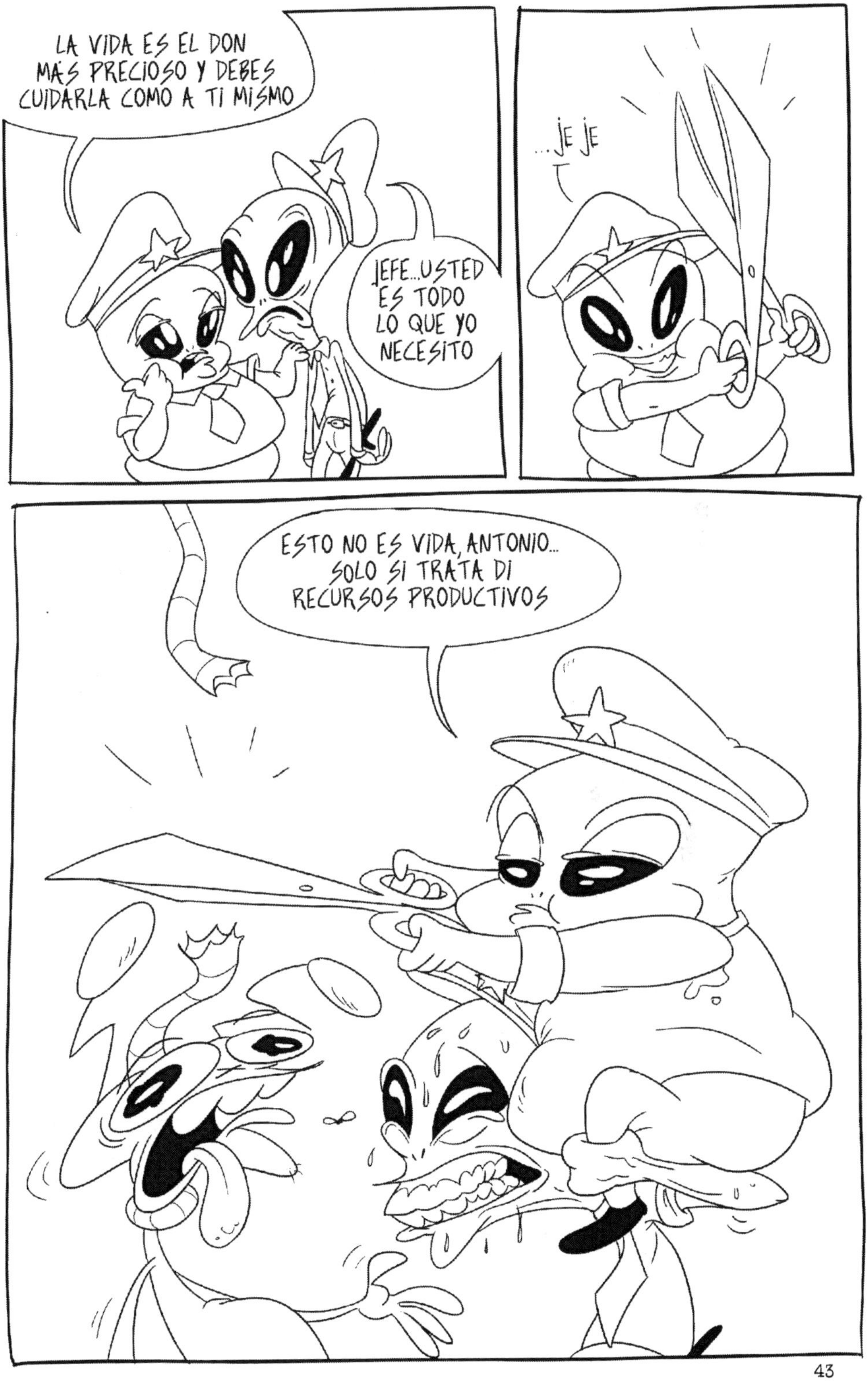

ESTO NO ES VIDA, ANTONIO... SOLO SI TRATA DI RECURSOS PRODUCTIVOS

UNIDAD 46. LE INFORMO QUE SERÁ DEPORTADO A UN ESTABLECIMIENTO DE RENORMALIZACIÓN
SU CARNE TODAVÍA ES UTILIZABLE, JEFECITO
LLEGÓ LA HORA DE LA MEMA, PEQUEÑÍN
NO CREO QUE PUEDA DECIR LO MISMO DE SU MENTE...
¡HUELE A FRESAS!

¿ACASO LOS AUTOMATAS NO TENEMOS DERECHOS?
LA FIEBRE DEL SUICIDIO LOS APESTARÁ!
¡LA TIERRA ES PLANOIDE!
CENTRO DE REPARACIÓN PSIQUIÁTRICA
DESCONTAREMOS EL TRATAMIENTO DE SU PAGA MENSUAL...
YO NO TENGO SALARIO

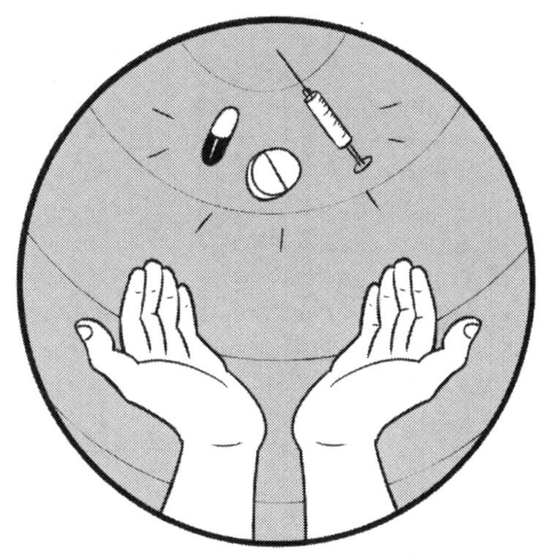

Capítulo IV

Sancta Hutzpa

¡Una amistad asquerosita!

LA TÍA MELA TE CUIDARÁ EN TU ESTADÍA AQUÍ

NADA HAY MÁS ACOGEDOR QUE LA DULCE PANACEA DE LOS MEDICAMENTOS

TÍA MELA, ¡QUIERO ESOS CARAMELOS!
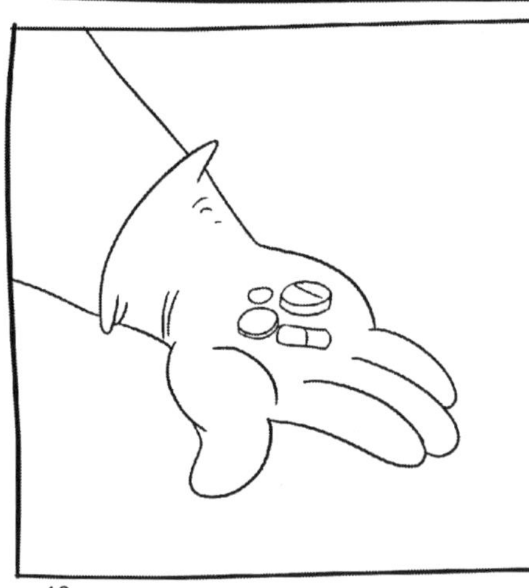

AHORA VAS A JUGAR CON TUS AMIGUITOS

LOS RECURSOS ALIENÍGENAS INUTILIZABLES SON RECLUIDOS EN EL CENTRO DE REPARACIÓN PSICOFÍSICA
¡YO SOY INKERI
¡BUEN DÍA, ASQUEROSITO!

¡UPS! HORA DE TERAPIA

CON LA OPTIMETRÍA TODO LUCIRÁ MÁS CLARO

EL BUENO DE INKER ESTARÁ PRONTO TRABAJANDO COMO SIEMPRE
OPTIMETRÍA
BLARRGh!

UN DOCUMENTAL TE CONFIRMARÁ TODO LO QUE DEBES SABER SOBRE LA VIDA
¡YO SOY DE CARNE! ¡NO PINTADO!

¿CERRASTE CON LLAVE?
SIP

ASÍ, EL PLANETA LLEGA A POBLARSE DE INDIVIDUOS DISPUESTOS A SACRIFICARSE POR LA MANADA
YO YA NO DEBO MATARME...

SI EL SUICIDIO NO ES UN SACRIFICIO... ¿DEBO ASESINAR A TODOS POR EL BIEN DE MI MADRE?

RIING!

AHORA LA TIA MELA TE LLEVARÁ CON TU AMIGUITO GULHAM
... LA MAYOR PARTE DE LOS ACTOS PERVERSOS SON AQUELLOS REALIZADOS POR PADRES. EN BENEFICIO DE SUS HIJOS...

COMEDERO
ARNALDITO ES UN LOQUILLO COMO TÚ
¡PEQUEÑO INKER LOS DESTRIPARÁ A TODOS!

¡INKER! DON ADOLFO TE FREIRÁ HASTA LOS HUESOS
ÉRASE EL DÍA DIOIDE EN QUE TÍA MELA CONFIÓ AL PEQUEÑO INKER EL SECRETO DE LA SABROSA COMIDA DE LOS HERMANOS GRUTER
NECIME PIVE ALIEN ¿TE PIACE UNA PORCIÓN DE PATÉS?
GOZAR, ENTRE LAS RAZAS INNERNIANAS, CONSISTE EN SABOREAR CUENCOS ANDINOS, PURÉ DE GATO Y RÚCULA AL VERDEO
¡OYE TÚ!
MASTICAS MÁS FUERTE QUE LA PESTE

Y ESA NOCHE NOCHERA, LOS AMIGUITOS GOZARON EN LA INTIMIDAD CALEIDOFORME DE UNA VELADA EMBEBIDA POR EL ENIGMA TACITURNO DE TODA ESPERANZA

Y ASÍ, INKER PENETRÓ EN ARNALDO, Y EL GRAN GULHAM HINCHÓ SU BARRIGA BARRIGOIDE DE INCONDICIONAL AMOR

GLUP!

EN TODO SITIO, LOS ALIENS CONFIRMAN LOS MÁGICOS EFECTOS QUE LA INDUSTRIA DE LOS HNOS. GRUTER PRODUCE ENTRE LOS RENORMALIZADOS
¡SANCTA HUTZPA!
... Y CUYA MISIÓN CORPORATIVA SE COMPROMETE A CREAR UNA FÁBRICA DE SUEÑOS SIN LÍMITES

BLAHG!

...UH...OH...
OTRA VEZ SOPA...
NO ES UN SECRETO QUE TODAS LAS RAZAS SERÁN EMPAPADAS POR LA CALIDAD TOTAL DE ESTAS MISTERIOSAS HABICHUELAS
GLUB
GLUB
¡ERES TODO UN HOMBRE, PEQUEÑO INKER!

LA INDUSTRIA DE LA FELICIDAD SE EXPANDE DÍA A DÍA. CON SU PANACEA UNIVERSAL QUE DESTILA -A CADA HORA- TRABAJADORES SANOS Y PRODUCTIVOS

Capítulo V

Dinopatos

de atlas, catalejos y astrolabio...

LA TEMBLOROSA CALMA DEL CENTRO PSICONORMALIZADOR SE VIO ROTA DE PRONTO.

AAAHAAA!!!

!

LA MAÑANA SIGUIENTE...
PEQUEÑO INKER, ¿TE ENCUENTRAS BIEN?

¡¡¡NADA ES SALUDABLE EN ESTE SITIO!!!

TÍA MELA HABLA COMO TÚ A VECES. PERO... ¿NO SERÍA MEJOR HABLARLO CON UN AMIGO?

TAMBIÉN YO TENGO PESADILLAS, INKER, Y NUNCA SÉ MUY BIEN CUÁNDO ES QUE ESTOY DESPIERTO
EN MI SUEÑO UN RELOJ DE ARENA ES DESTROZADO Y DOS SERES IRREALES LUCHAN POR ÉL.

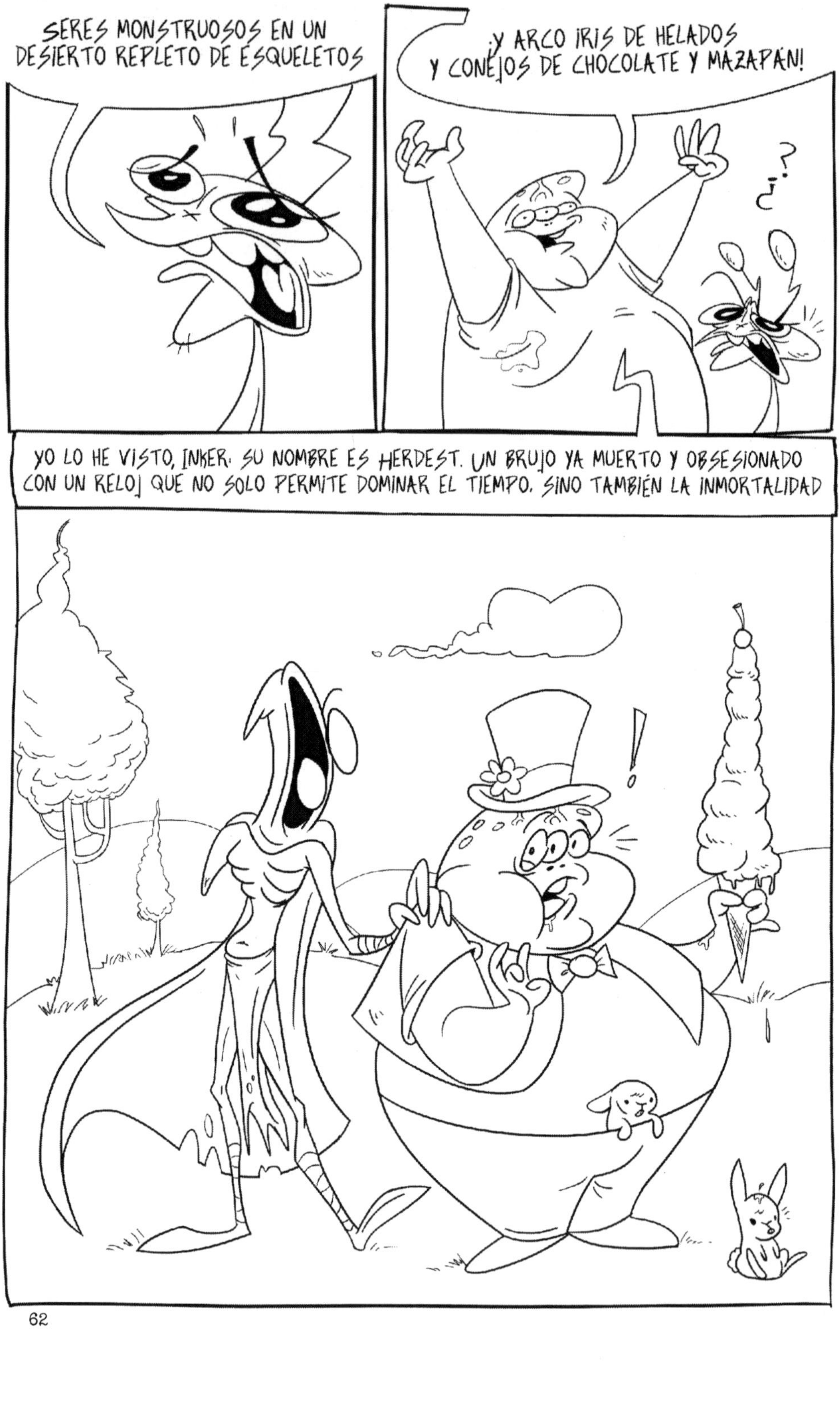

YO LO HE VISTO, INKER. SU NOMBRE ES HERDEST. UN BRUJO YA MUERTO Y OBSESIONADO CON UN RELOJ QUE NO SOLO PERMITE DOMINAR EL TIEMPO. SINO TAMBIÉN LA INMORTALIDAD

!

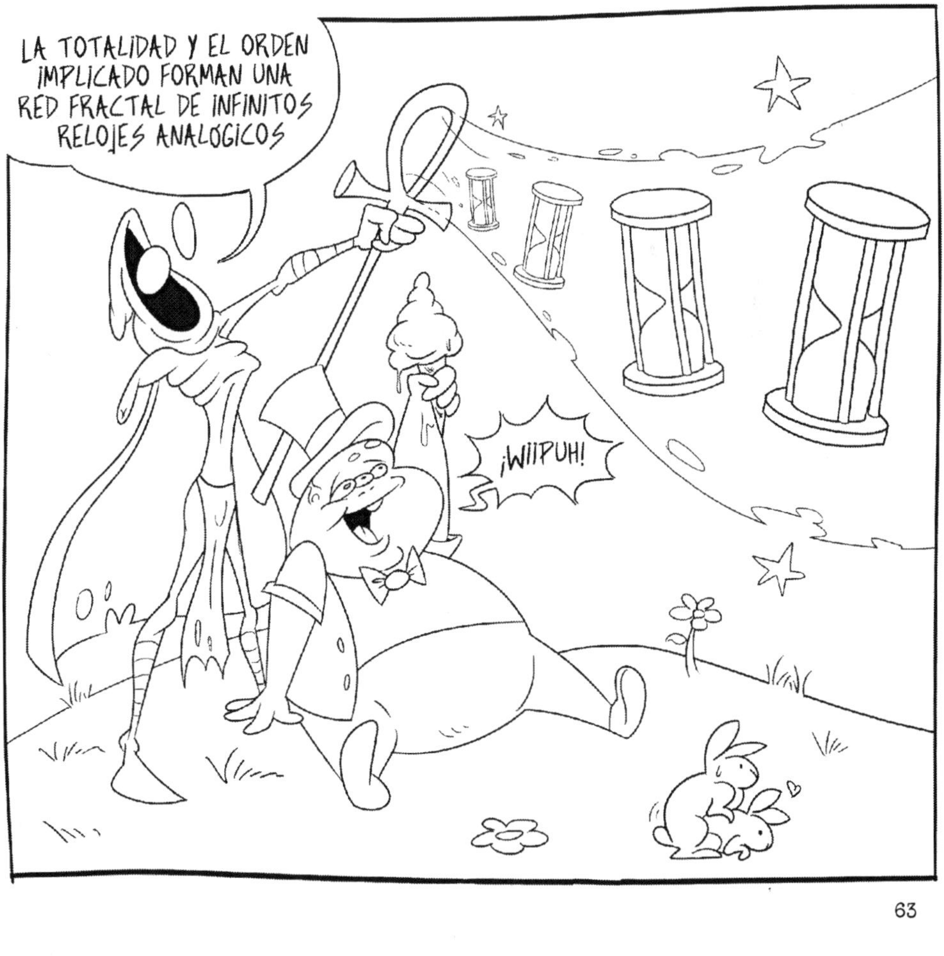

LA TOTALIDAD Y EL ORDEN IMPLICADO FORMAN UNA RED FRACTAL DE INFINITOS RELOJES ANALÓGICOS

¡WIIPUH!

EL POSEEDOR DE LOS RELOJES ES TAMBIÉN SEÑOR DEL TIEMPO Y EN EL SIDERAL ESPACIO DOMINA LA VIDA Y LA MUERTE
¿Y ES ESO TAN GRAVE?

LO ES... PUES. UXTOR ME HA ARREBATADO EL RELOJ, Y LO QUE CREO ES AÚN PEOR...
¿QUIÉN?

¡EL PORTAL TRANSCÓSMICO HA SIDO ABIERTO!
DONDE UNA PUERTA SE CIERRA, MUCHAS OTRAS SE ABREN
¡ADIÓS, DINOPATOS!
EL ATLAS, LOS ASTROLABIOS, LOS CATALEJOS...
UN PELIGRO MAYOR A CUALQUIER OTRO ENFRENTAN NUESTROS MUNDOS
¿DE QUÉ ESTÁ HABLANDO?

ME QUIERO IR...
!?
¡MALDITOS Y ESTRECHOS AGUJEROS DE LOMBRIZ!

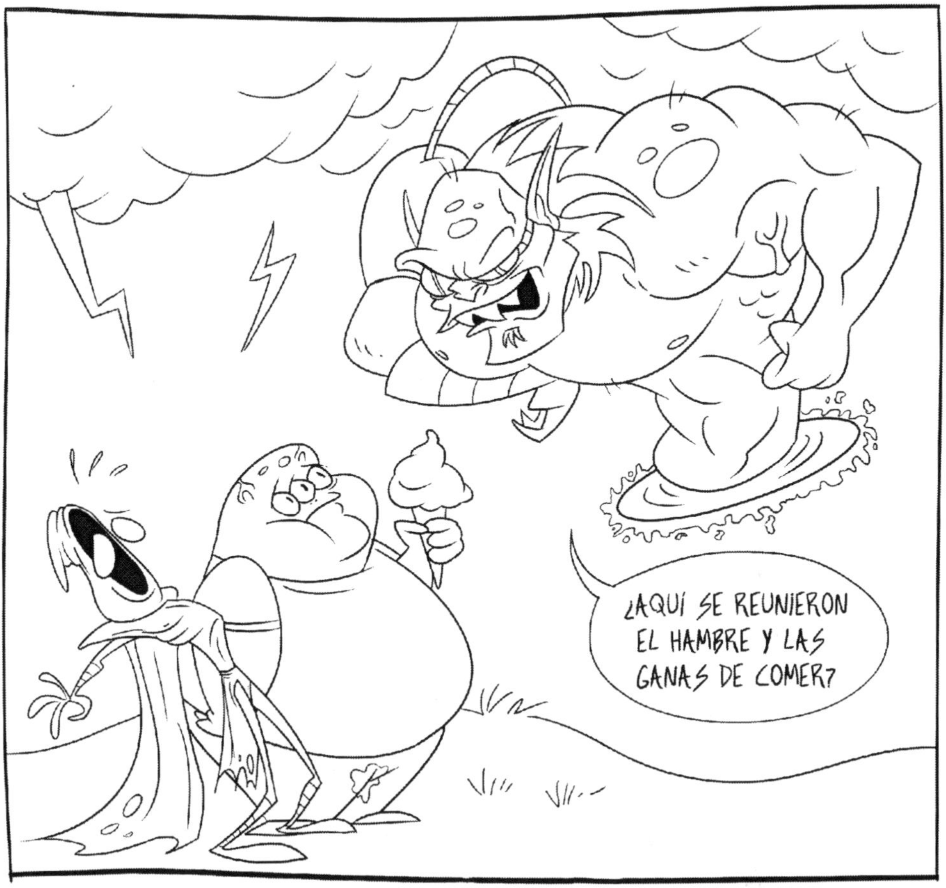

¿AQUÍ SE REUNIERON EL HAMBRE Y LAS GANAS DE COMER?

CUANDO MENOS LO ESPERES, YO Y MI EJÉRCITO DE ESQUELETOS DESTRUIREMOS TODO LO QUE CREISTE ALGUNA VEZ AMAR
SEÑOR, TIA MELA PUEDE LLEVARLO A LA OPTIMETRÍA PARA CONTROLAR SU IRA...
!?

LA SANGRE ES MÁS DELICIOSA...

NO QUIERO SOÑAR
NUNCA MÁS

Capítulo VI

Adelaida Quispe

Metáfora literal de la vida

QUIZÁS HAYA VIDA FUERA DE ESTA JAULA
PERO... LA EDUCACIÓN SALVA VIDAS, INKER

RIIIIIINNGG!!!

¡A VER, LOS PULGOSOS ENGENDRITOS! UNA SOLA FILA DE MENOR A MAYOR...

UN PSICODEPRESOR POR CABEZA PARA INICIAR LA CLASE DE ESTÉTICA CONTEMPORÁNEA
TALLER CURARTE

¡PSST!...ARNALDO, SIMULA QUE CONSUMES

SPIT!

¡¡¡SIN TRAGAR!!!

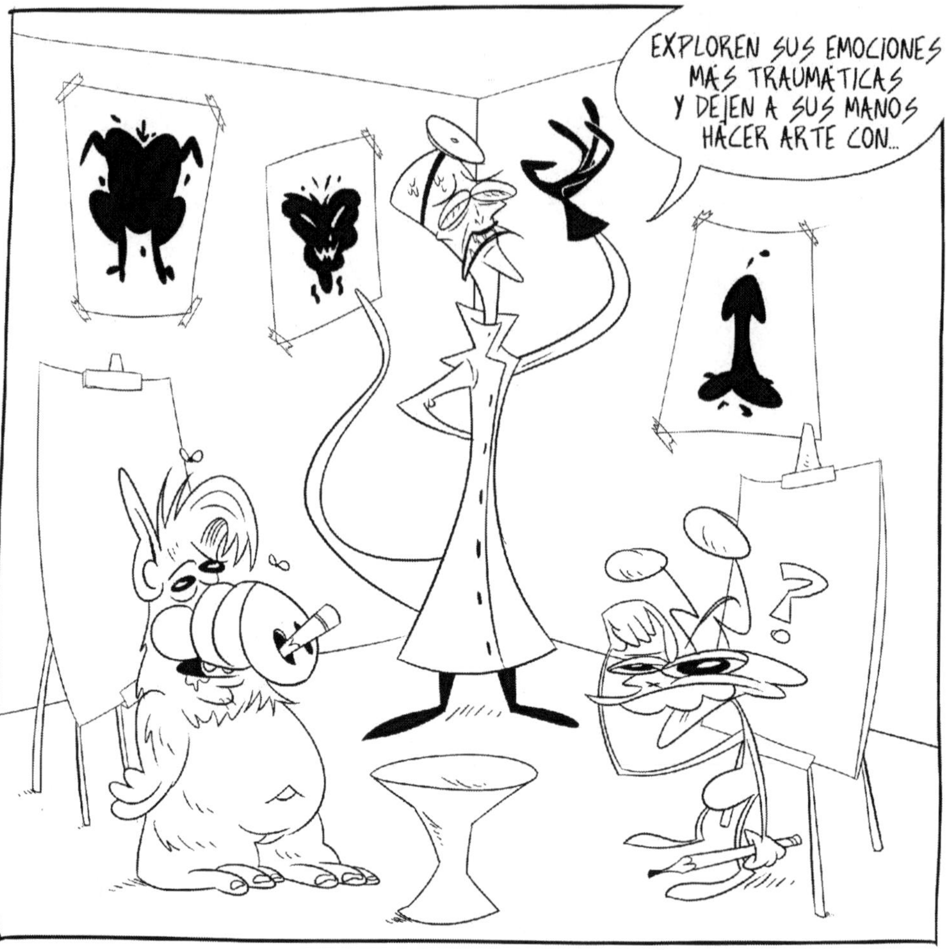

EXPLOREN SUS EMOCIONES MÁS TRAUMÁTICAS Y DEJEN A SUS MANOS HACER ARTE CON...

¿LOS AMIGUITOS ALEGRÍA PUEDEN PRESTAR ATENCIÓN?

¡SÍ, SEÑORA!
¡EN RIGOR!

NO QUIERA PASARSE DE LISTO, ENGENDRITO IGNORANTE. YO SOY LA ÚNICA QUE PUEDE REÍRSE EN ESTE SITIO...

Y LO HARÉ CON PLACER CUANDO HAYAS DESAPROBADO...

NO ESTOY SEGURO DE QUE A LA MAESTRA LE AGRADE MUCHO ESTO, INKER
CALLA, ARNALDO, Y HAZ TU PROPIO ARTE
¡AY! ¡CÓMO DESEARÍA QUE MI MADRE VIVIERA PARA APLAUDIR ESTA PRECIOSURA!
GRRR!
. . .
MMMMM....

MÁS TARDE...
LA PINTURA MÁS ENAJENADA SERÁ PRESENTADA EN LA SALA DE OPTIMETRÍA MAÑANA

¡GENIAL! PERO IRRELEVANTE...

¡NUNCA JAMÁS EN LA DECENTE HISTORIA DE ESTE INSTITUTO, PACIENTE ALGUNO PINTÓ TAL MONSTRUOSIDAD. HIJA DE UN DEMONIO!

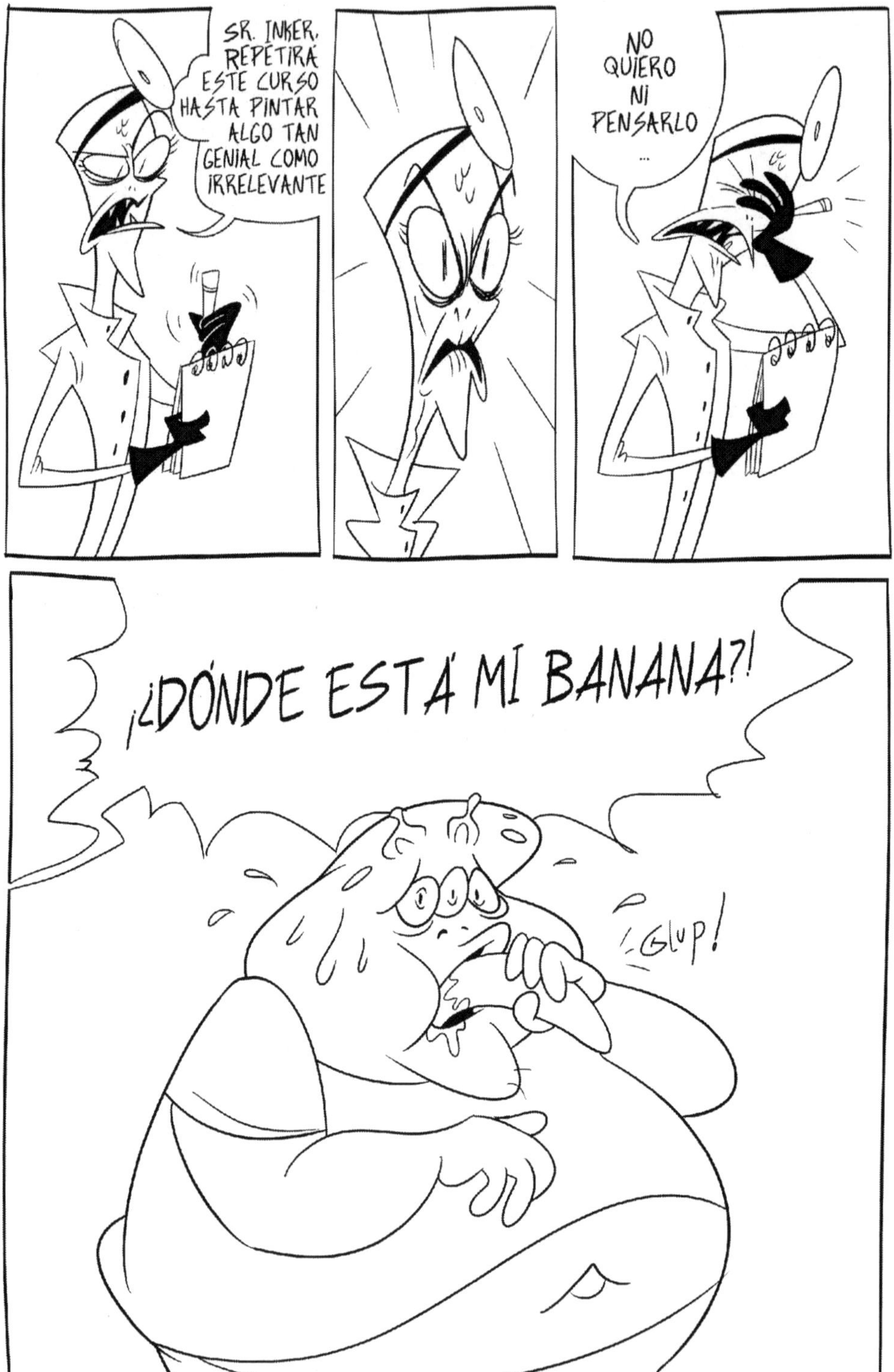

¡¿DÓNDE ESTÁ MI BANANA?!

¡GLUP!

¿QUÉ ES ESE BERRINCHE INFANTIL?

¿Y LA EDUCACIÓN? ¿Y LAS BUENAS COSTUMBRES?

¡USTEDES DOS PERTENECEN A LA MÁS DENIGRANTE GENERACIÓN QUE ESTA ESCUELA RENORMALIZADORA HAYA TENIDO LA PERVERSA OBLIGACIÓN DE EDUCAR!
NADIE ME HA ENSEÑADO NADA AQUÍ
YO DEBÍ CONCENTRARME UN POCO MÁS, INKER

¡SEGURIDAD!

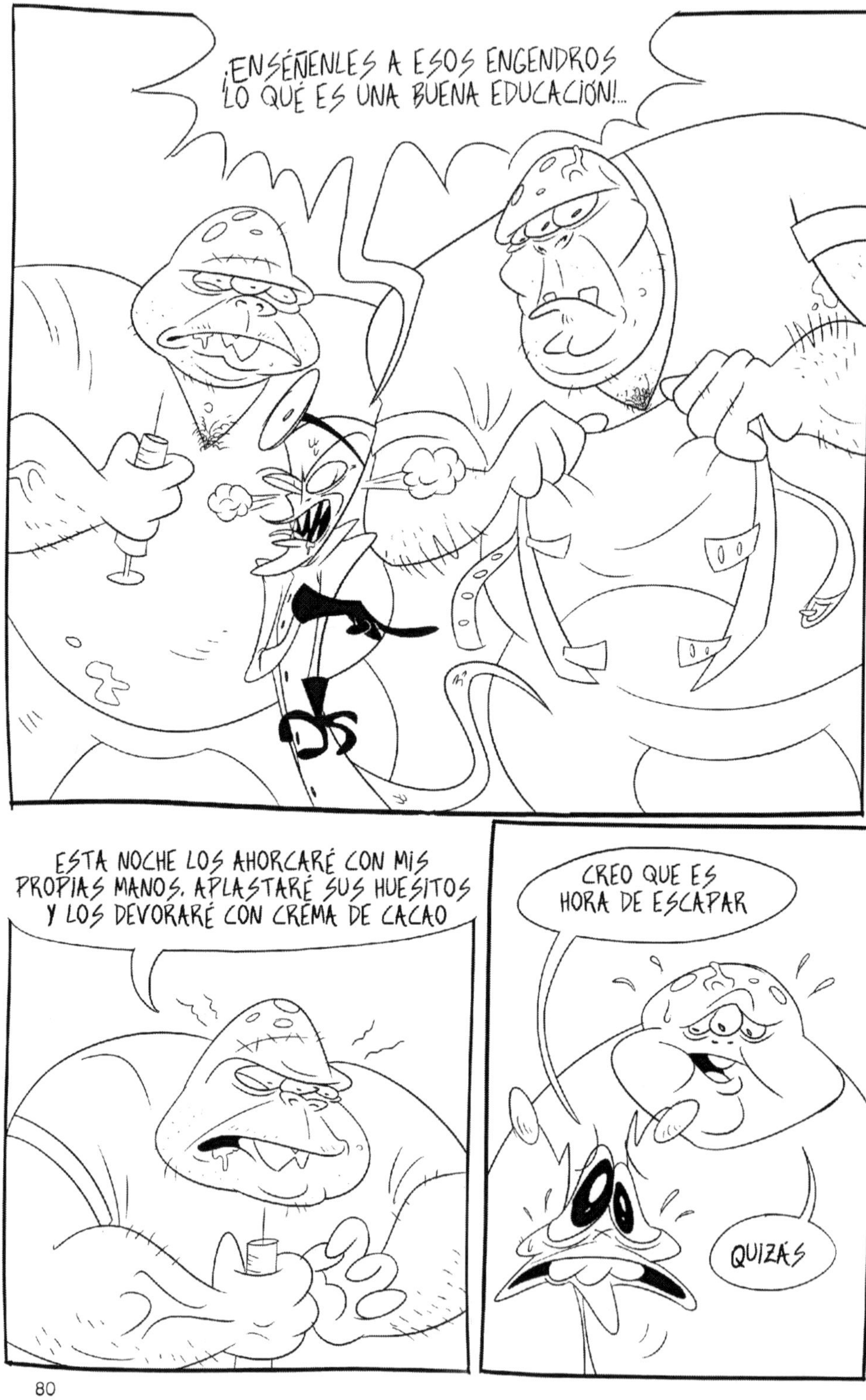

¡ENSÉÑENLES A ESOS ENGENDROS
LO QUÉ ES UNA BUENA EDUCACIÓN!...

¡VENGA AQUÍ, PEQUEÑO RUFIÁN!
¿ESTA ES TODA LA EDUCACIÓN QUE TIENEN?
¡PUMBA!

¡A CORRER LEJOS DE AQUÍ!

¡UNA BANANA! ¿CÓMO NO SE ME OCURRIÓ ANTES?

¡¡¡REACCIONA, ARNALDO!!! LA CLASE YA TERMINÓ

PERO YO NO COMPLETÉ MI TAREA, INKER

LO HARÁS MÁS TARDE...

¿UN ALIENIGENA DE MEDIO METRO ESCAPÓ DE USTEDES DOS?
AUCHI..
PAF!

NADIE SE MARCHA SIN ENTREGARME LOS DEBERES

EMERGENCIA

CRASH!

¡TUUUUU UU!!

LOS PROTOCOLOS DE MÁXIMA SEGURIDAD SE HAN ACTIVADO

CHANK!

¡SONRÍAN!

POR FAVOR NO HUYA

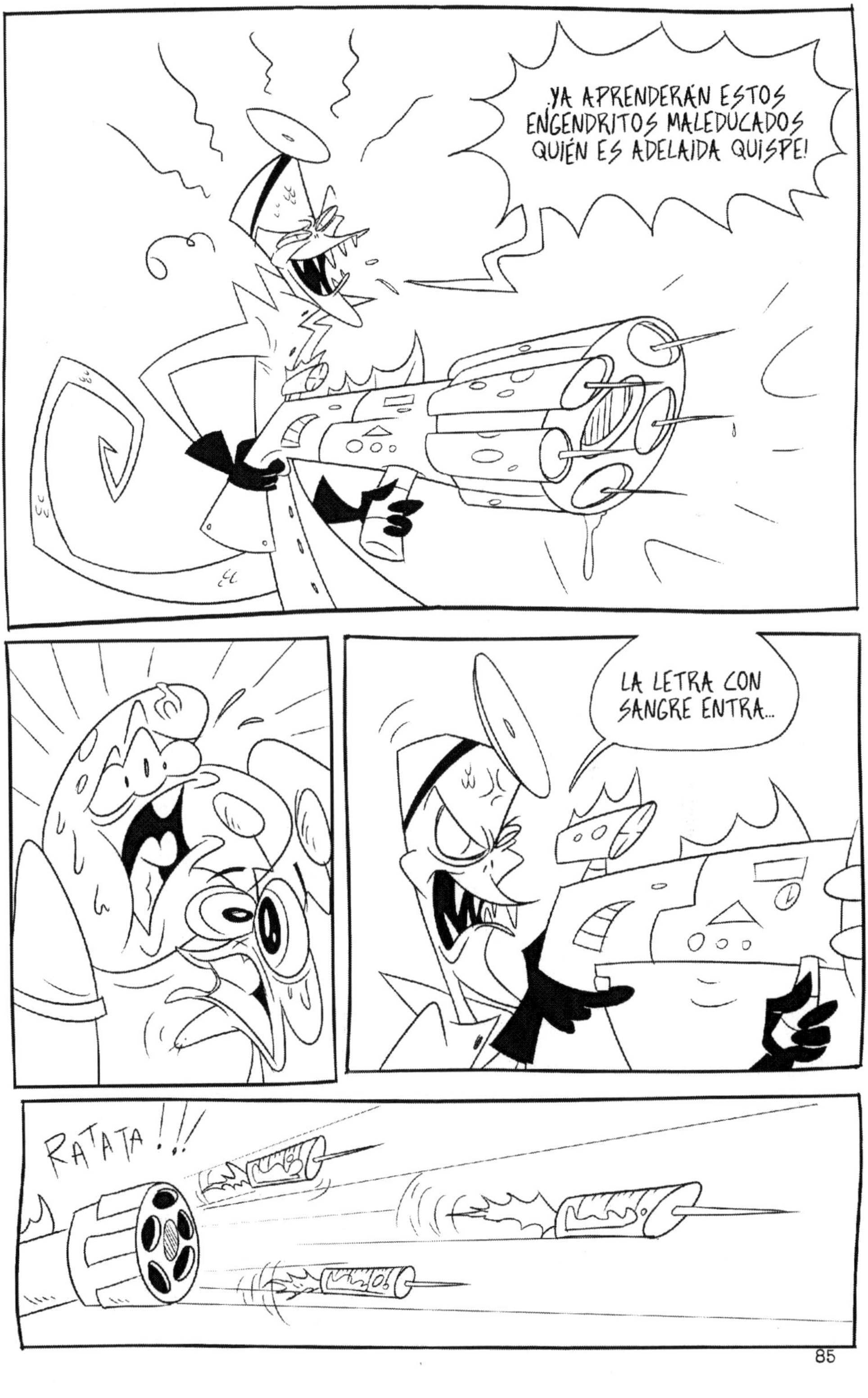

¡YA APRENDERÁN ESTOS
ENGENDRITOS MALEDUCADOS
QUIÉN ES ADELAIDA QUISPE!

¡CUIDADO, AMIGO! SON LOS PSICODEPRESORES

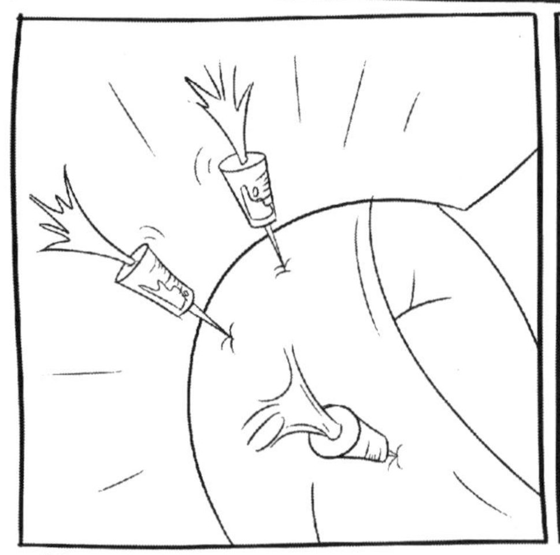

¡EN CAMINO, ARNALDO! HAY MUCHO POR COMER TODAVÍA

¡VETE! ME DEBES UN DINOPATO...

VOLVERÉ POR TI, AMIGUITO

POR MI RAZA QUE LO HARÉ

¿QUIÉN HA ESCAPADO DE SU CLASE DE ESTÉTICA CONTEMPORÁNEA?

CHIC

¡CONMIGO NO!
MUGROSO ALIEN...
¡¡¡CONMIGO NO!!!
TA
RATA TA TA

TOING!

Whoosh!!!

¡DEBÍ ACEPTAR LA CENA DEL MANGIATRÖNE!

PERO EN EL INEFABLE INSTANTE EN QUE EL TIEMPO Y LOS ESPEJOS SE FUNDEN... ¡MOMENTO!

¡IDEA

BAÑO

PORTALES DE ENTRADA Y SALIDA A LA NADA Y AL TODO DEL INFINITO LABERINTO
SPLASH!

METÁFORA LITERAL DE LA VIDA

CLANK!

SSLOOOOORP!

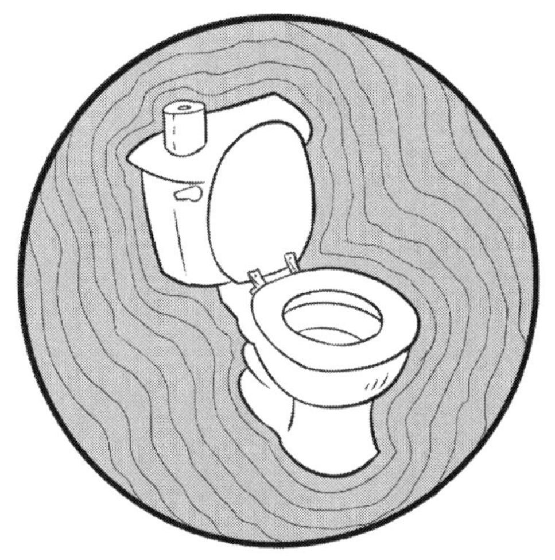

Capítulo VII

Matreto

¿Cuántas veces
ha caído la Tierra?

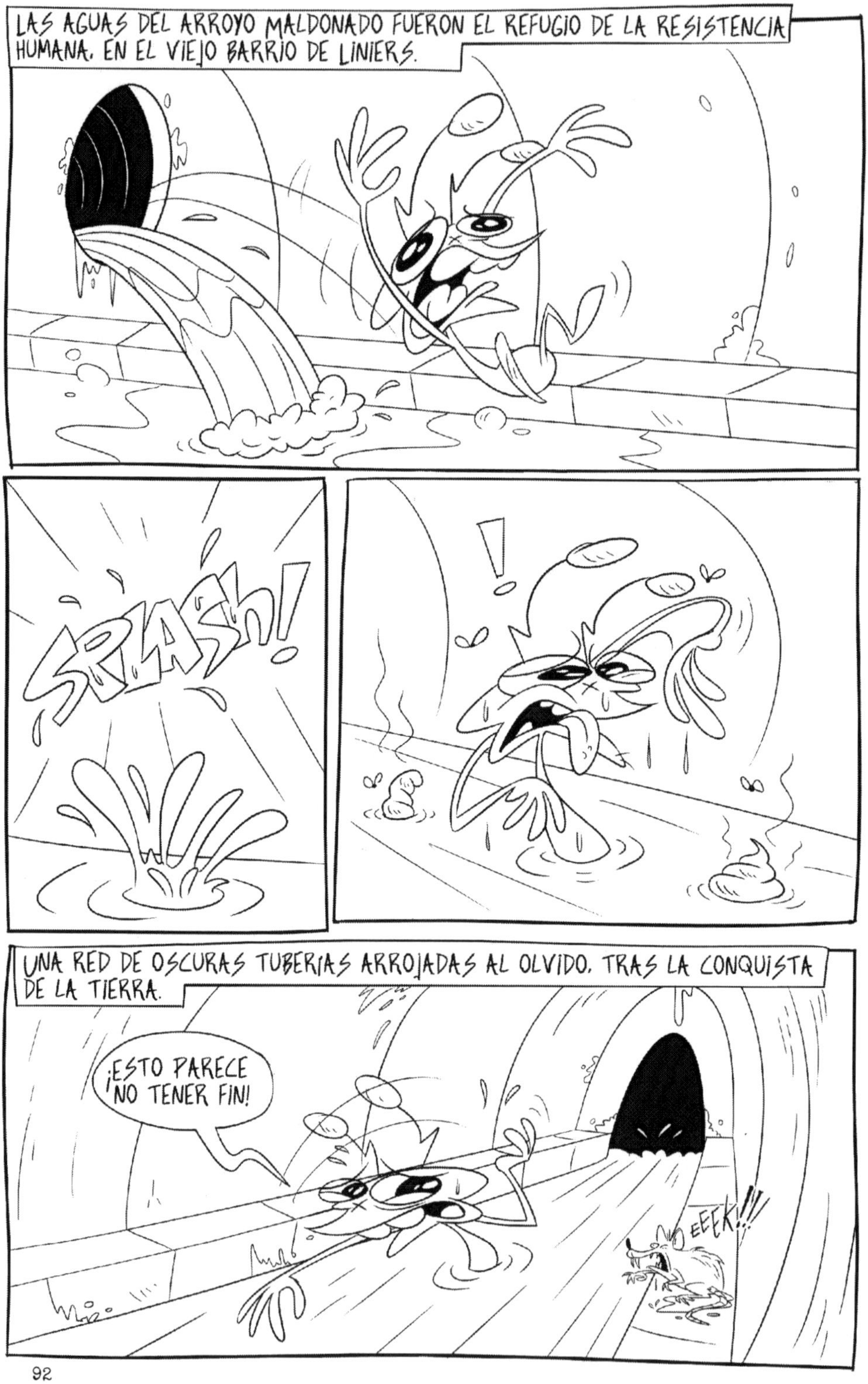

LAS AGUAS DEL ARROYO MALDONADO FUERON EL REFUGIO DE LA RESISTENCIA HUMANA, EN EL VIEJO BARRIO DE LINIERS.

SPLASH!

!

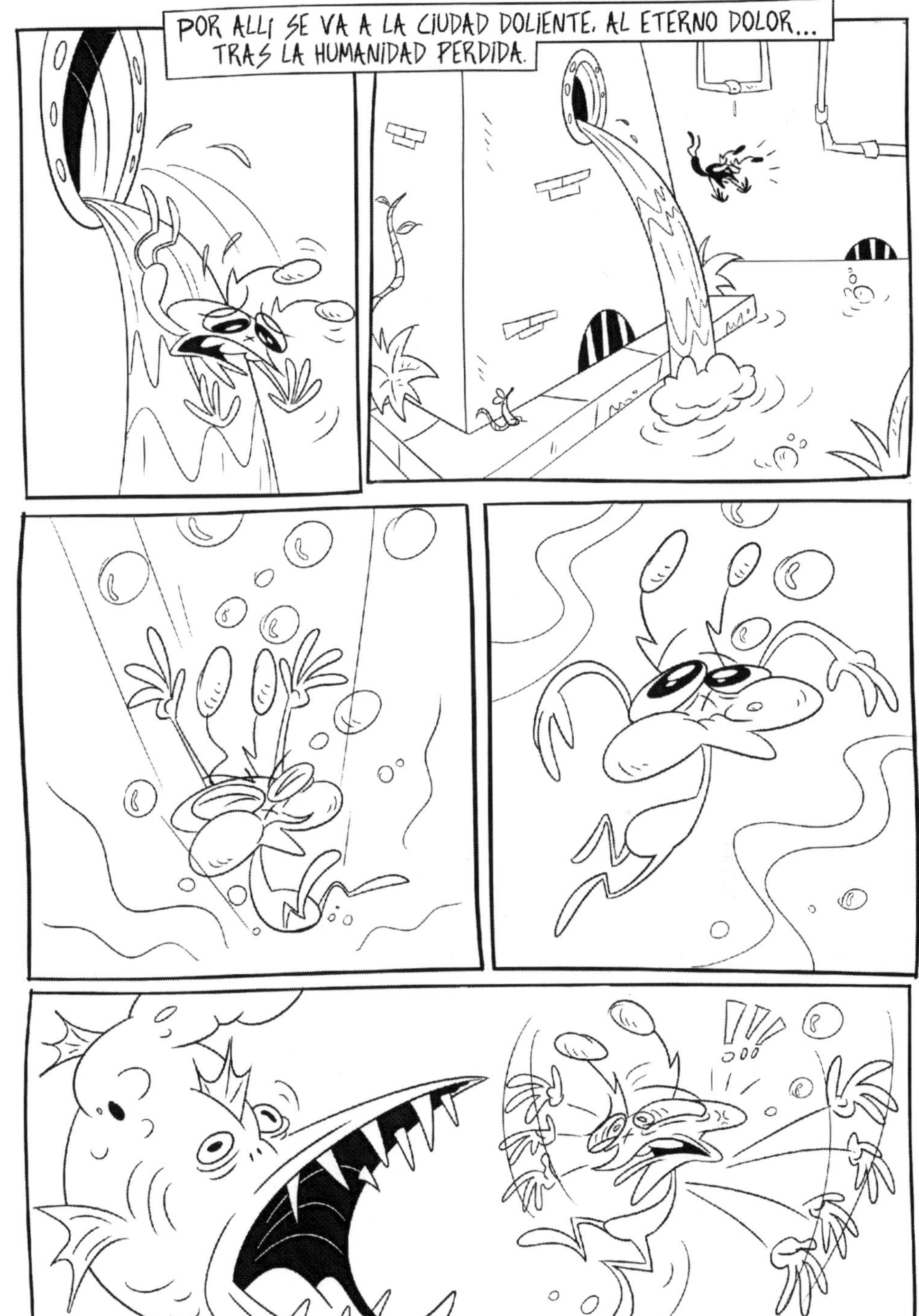
POR ALLÍ SE VA A LA CIUDAD DOLIENTE, AL ETERNO DOLOR...
TRAS LA HUMANIDAD PERDIDA.
!!!

CHAK!

UD. INSISTE SIEMPRE CON PESCAR EN ESTAS CLOACAS. NO HAY PROBABILIDAD
¡CHEILE HAY, CHE VO'! QUÉ EL MALO SE ENFADARÁ SI NO LE SACAMO' UN INFIEL PRONTO, RENEGAO'

NON ES LO MESMO MILAGRO QUE CÁLCULO

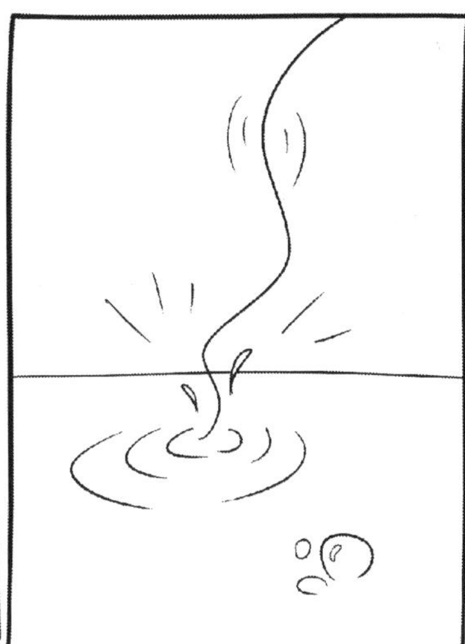

¡AMALAYA, AI LE PICO ALGO, APARCERO!
NO HAY PROBABILIDAD.

¡ES MÁ GRANDE QUE LA MISERIA!
NO PODRÍA SERLO.

AHIJUNA RENEGAO. ¡CON ESTE BAGUAL MASTICO EN TODOS LOS GUALICHOS!
PAF!

SPLAT!
SPLAT!
TIENE LA GUASCA PRECIOSA

EL HAMBRE Y LA VIOLENCIA SE HABIAN CONVERTIDO EN MONEDA CORRIENTE
¡Y ES TODA PA' MI!

¡PAM!

PERO LOS HUMANOS YA CONOCIAN EL HÁBITO DE MATAR PARA SOBREVIVIR
BZZT

¡SE VA
LA SEGUNDA!

AI QUI LAVARLE
LA INMUNDICIA DESPUÉS
DE MASCARLO

PE... PE
¡QUÉ LO CHINGÓ!
EL BAGRE
ESTÁ PREMIADO
!?

¡PIEDAD!

UPS!...

CITUPER
HIJUNCHUS
MATRETO

NO ENTIENDO QUÉ ME ESTÁ DICIENDO, SEÑOR...

¿PERO QUÉ IDIOMA ES ESE, LUCIO?
¿?

PUES NIUNO ¿EN CÓMO LE HABLAS A ESTE GRINGUITO?

¿DONDE ME HALLO?

¡OLOR A BOSTA DESTAS PAMPAS!

¡ESTA ES LA RUINA DE LOS CRISTIANOS!
!

Y CON UN POCO
DE SUDOR Y
LÁGRIMAS

¡AHIJUNA DE
PEZ COMEREMOS!

LOS INNERNIANOS NO CONOCIAN A LOS HUMANOS
SINO A TRAVÉS DE SUS PIELES MUERTAS EN LA GFC

SI TAN SOLO
FUERA OTRO
EL ASADOR...

NO HAY MÁS
HUMANO QUE
LA CONFORMISTA
ESCLAVITUD

¡ESTE ES EL PESCAO A LA CRUZ! ANCESTRAL SECRETO DE LOS JUDIOS
!

UNA EXQUISITA RECETA DE LOS TIEMPOS DEL GENOCIDIO
SNIF
SNIF

¿CUÁNTAS VECES HA CAÍDO LA TIERRA?

LA DEFENSA HUMANA CONTRA LA INVASIÓN ALIENÍGENA CONSISTIÓ EN LA DETONACIÓN MASIVA DE ARMAS NUCLEARES EN EL PACÍFICO.
AAAARRGH!
LOS EFECTOS DE LA RADIACIÓN NO TARDARON EN LLEGAR...
Uuiiish!
AAUUCH!
ZAP!
¿?!!!!

BZZZ!
¡
PROTOCOLO DE DEFENSA ACTIVADO

PAM!

LLÉVATE TODO, PERO YO NO DEBO MORIR. HE SIDO UN PRINCIPE JUSTO

MI REINO POR UN PESCADO

Capítulo VIII

Urvator

Reglas de cortesía

LOS HUMANOS MUTANTES CREÍAN EN LA PUREZA ESPIRITUAL DE LOS RITUALES PRACTICADOS EN EL NOMBRE DEL PADRE.

MORIR CAUSA ESCOZOR

Y AURA SOY CALDO DE RATA ¡HIJO DE UNA GRAN SIETE!

¡ALLÂH BUM-BUM!
¡BUM-BUM!

ESE HERMOSO CANTO DE BRUJA INAUGURA EL RITUAL SACRIFICIAL

PERO ¿ES QUE NO PUEDEN DEVORARNOS SIN MÁS?

¡POR AMOR AL
HIJO DE UNA GRAN DIOSA,
DETENGAN YA ESE RUIDO!

¿CÓMO
HICISTE ESO?

SÍ. ASÍ SOLÍAN
OBEDECERME
MIS ESCLAVOS
EN LAS
MONTAÑAS
DE INN

GOOONG!

SANTIFICADA SEA LA OFRENDA
A NUESTRO DIVINO PAPACITO

CRUJIENTES OFRENDAS PARA URVATOR
MMMM... OJALÁ TENGAN EL MISMO SABOR QUE MIS PEQUEÑAS HIJAS
LOS MUTANTES HABÍAN CONSTRUIDO SUS LINAJES EN CLANES REGLADOS POR NORMAS MORALES FUNDADAS EN LA DIVINIDAD DEL INCESTO
¡CON SUS HUESOS ME LIMPIARÉ EL OMBLIGO!...

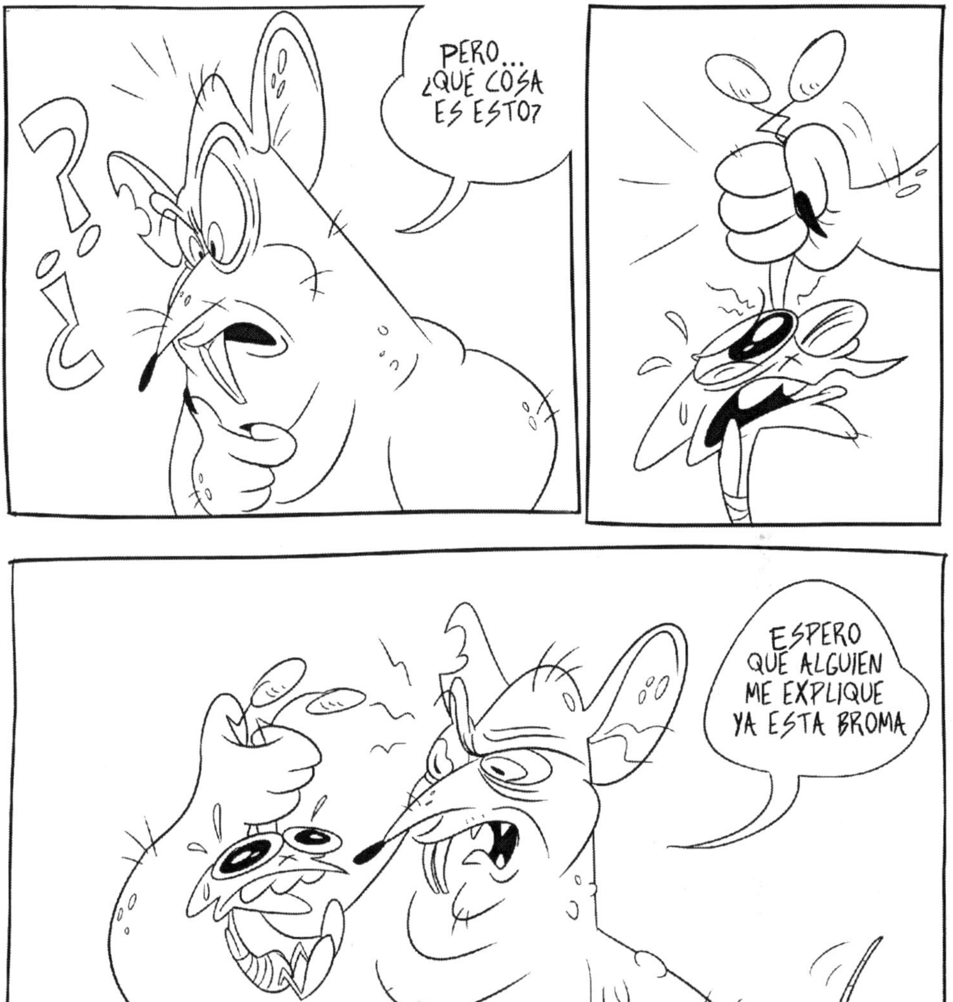

ESPERO QUE ALGUIEN ME EXPLIQUE YA ESTA BROMA

PADRE, CAPTURAMOS A ESTAS EXOTICAS DELICIAS A ORILLAS DEL ARROYO
MMMMF...
PERO SI ESTA PULGA MALOLIENTE TIENE LA MISMA FORMA QUE MIS EXCREMENTOS

JA JA JA JA JA JA JA JA

JA JA
¡ESTÁ USTED HABLANDO CON EL PRINCIPE DE INN!

JA JA JA JA JA
JA JA JA JA JA JA JA JA

PUES MIRA LO QUE PIENSO SOBRE LOS PRINCIPITOS

A ESTO LLAMO YO REGLAS DE CORTESIA
¡CHUMP!
AUGH... MIS HIJAS SABEN MEJOR

YO LE CONOCÍ A ESE GURÍ DESDE EL VIENTRE DE SU MADRAZA LA PESCADEZCA
AWWW...
LA TUMBA DE UN HIJO ES EL GOCE DE UN PADRE
Y NO HAY DEBER MÁS QUE GOZAR HASTA MORIR
¡COOF!
¡COF!
¡¡¡AAAH!!!

¡A PADRE URVATOR LE HA CAÍDO MAL EL MANJAR!

¡QUESTA É LA BATTAGLIA!
¡MÁTENLO MÁTENLO MÁTENLO!
¡SÍ, PADRE SÍ, PADRE SÍ, PADRE!
MUTANTES HUMANOS, INFLAMADOS DE IRA, CON LANZAS EN MANO POR LA HONRA DEL PADRE
¡O LI DISTRIGGO CARNE FRESCA

UNA HORDA DE HERMANOS EN LUCHA MORTIFERA POR PADRE URVATOR. EL FOLLADOR DE SU PROPIO CLAN
ZAP!
!
PAM!
PUM!

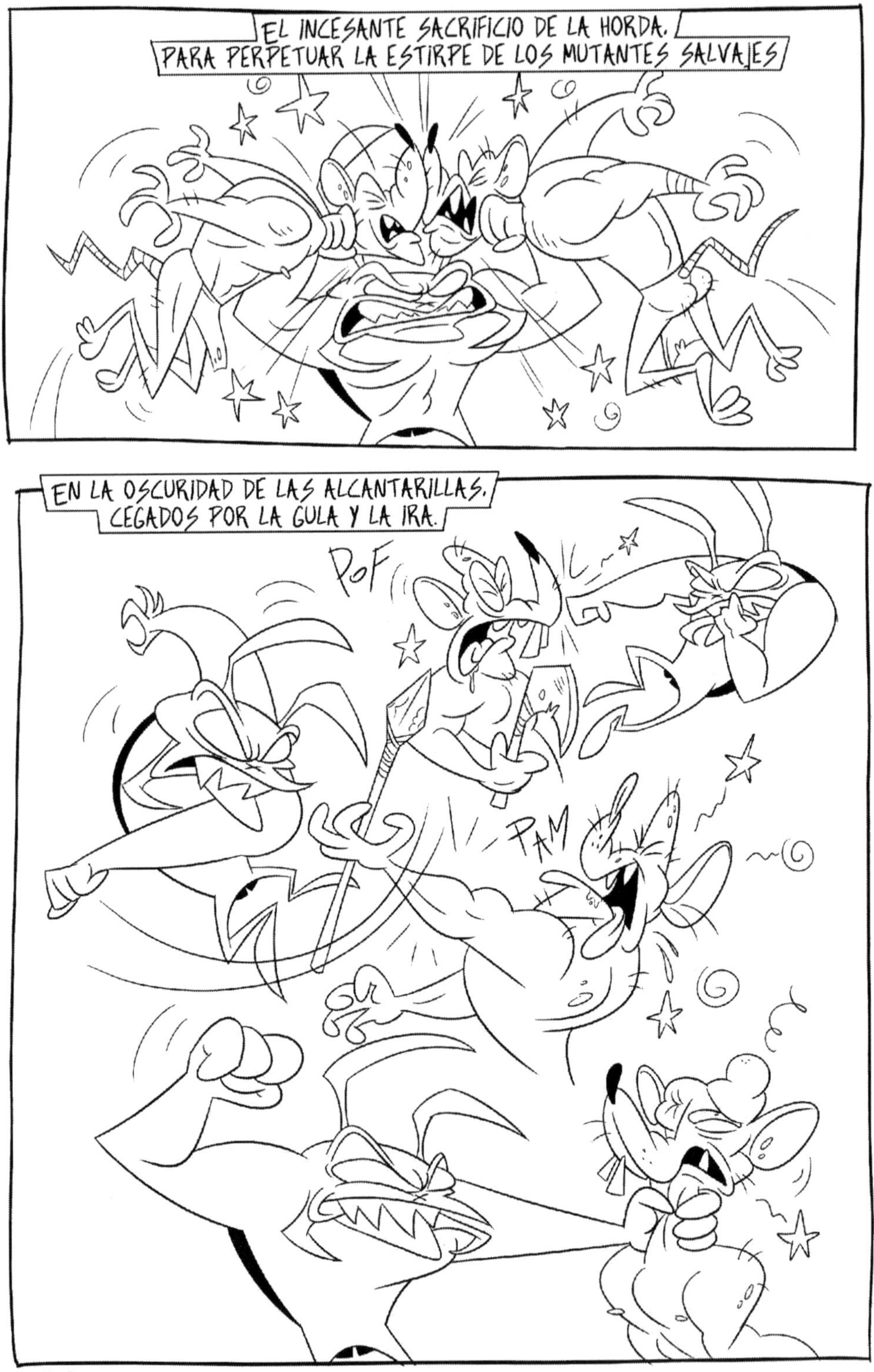

EN LA OSCURIDAD DE LAS ALCANTARILLAS.
CEGADOS POR LA GULA Y LA IRA.

POF

PAM

YO TE DARÉ MI OJITO, PADRE SANTO
CREO QUE ESTA NOCHE NO LA VAMOS A VER

SUPONGO QUE YA HABRÁN DESCUARTIZADO AL PRINCIPITO

DE HECHO... LAS COSAS SE HAN SALIDO UN POCO DE CONTROL

Y POR ESO EXIJO LA LIBERACIÓN DE DON LUCIO MIRÁN Y SU FIEL ESCUDERO RENEGADO

NO,
DON LUCIO
LLEVARÁ
MI MARCA
¡PARA SIEMPRE!

!

¡Y NO PODRÁS
MIRARTE
NUNCA MÁS
EN UN ESPEJO
SIN SABERTE
HIJO MÍO!

!!!

NADIES ME HABÍA BESADO CON TANTA PASIÓN
ME TEMO QUE NO FUE SOLO UN BESO, LUCIO

YO SÉ QUE NO ME HE ENAMORADO

PERO HA SIDO TAN PROFUNDO

¡QUÉ LO TIRO!

JA
JA
JA
JA
JA
JA

¡EL MALO ME HA HECHIZADO!

¡MÁRCHENSE YA DE MI TIERRA, LARVAS!

PUM!
¡PER AUDACE!

¡NADIE TOCA MI HERMOSO ROSTRO!
¡TESTA DI CAZZO!
PRINCIPITO ESCARABAJO, CON TU SANGRE BAÑARÉ A MIS HIJAS
PRUUUM
PAM!

PADRE, ¿NO CREÉS QUE HA SIDO SUFICIENTE?
YO TE DIRÉ CUANDO LO SEA
CHUMP
CRAK!
AUCH...
¡¡¡GOOOOOL!!!

!

PUMBA

HOY NO HA SIDO UN BUEN DÍA

CREO QUE YA ME HE CANSADO DE ESTE MONSTRUO MALDITO. SÁDICO Y DEVORA-NIÑOS
¡SE LLAMA PAPÁ!
DEBEMOS DE HACER ALGO... YO TAMBIÉN QUISIERA COMERME A MIS HIJAS

¡A LA CARGA, MALANDRINES! DEJEN DE MIRARME COMO IMBÉCILES
!
SI PADRE MUERE, PODRÁS CASASRTE CON OTRO HOMBRE
¡YO NO QUIERO ESTAR CON PERVERTIDOS!
¡EN MI NOMBRE!
¡SEREMOS LIBRES!

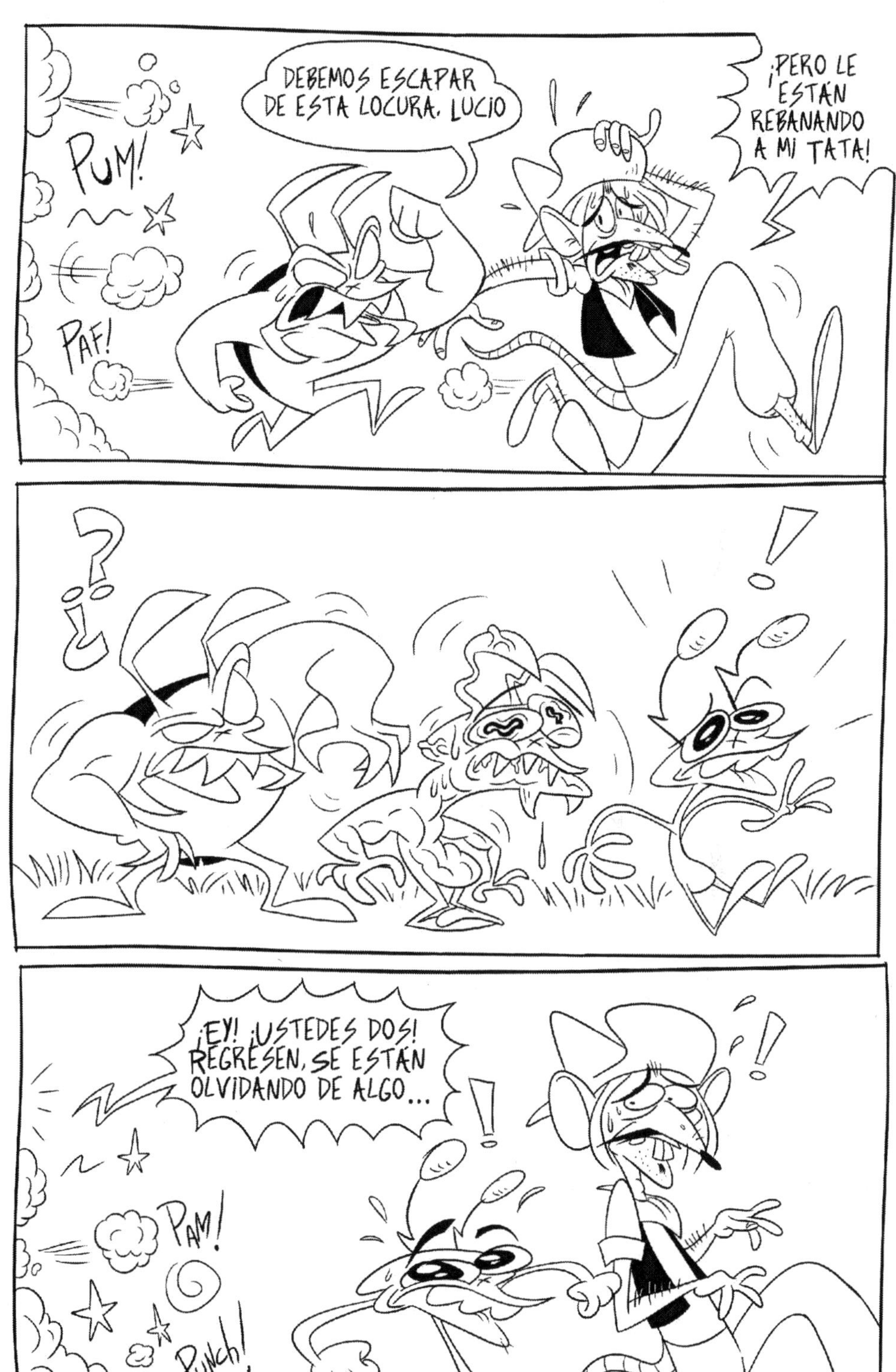
PUM!
PAF!
DEBEMOS ESCAPAR DE ESTA LOCURA, LUCIO
¡PERO LE ESTÁN REBANANDO A MI TATA!
¿?
!
¡EY! ¡USTEDES DOS! REGRESEN, SE ESTÁN OLVIDANDO DE ALGO...
PAM!
PUNCH!
!
!

ACEPTEN A ULLUK, NUESTRO SABIO PROTECTOR, COMO OFRENDA DE AGRADECIMIENTO.
¡CROACK!
¿NO ES ADORABLE, INKER?

¡RENEGADO!

OBEDEZCAN A ULLUK. ÉL LOS GUIARÁ
DEBEMOS DESENCANTAR A LUCIO

¡LOS ESPERO EN EL PRÓXIMO BANQUETE!
¡ALLÍ ESTAREMOS!

Capítulo IX

¡Presto Chango!

El toque Palomino

LA BATALLA HABÍA ACABADO Y CON ELLA. ABRÍASE A LOS PIES DE INKER LA PRESUROSA MISIÓN DE DESENCANTAR A LUCIO
EXTRAÑO AL MÍO TATA. INKERCITO
ÉL NO ES TU PADRE, LUCIO. DEBEMOS HALLAR UNA CURA

ULLUK HA DESCUBIERTO UN CAMINO

CROACK

EN EL BOSQUE DE LOS SUICIDAS HUNDÍAN SUS RAÍCES HOMBRES ANIQUILADOS POR LA DESESPERANZA

¿QUIÉN DIJO ESO?
¿POR QUÉ ESTORBAN LA PENA QUE NOS AQUEJA?

¡AY! FORASTEROS DE LA MUERTE EN ESTE BOSQUE DE ABISMOS SIN FIN

¡AAAHHH!

¿NO VEIS AQUÍ FANTASMAS DE HOMBRES QUE ESCAPARON DE SÍ MISMOS?

EL SUICIDIO LIBERA A LOS HOMBRES DE LOS PADECIMIENTOS DE UNA VIDA SIN SENTIDO
¡BAH! MORIR NO ES PA' TANTO...
¿POR QUÉ ME TIENTAS UNA Y OTRA VEZ?
¡AMA A LA MUERTE COMO A TI MISMO. Y AHOGATE EN LA INFINITA OSCURIDAD DE LA INEXISTENCIA!
¡ÚNANSE A NUESTRO BOSQUE!

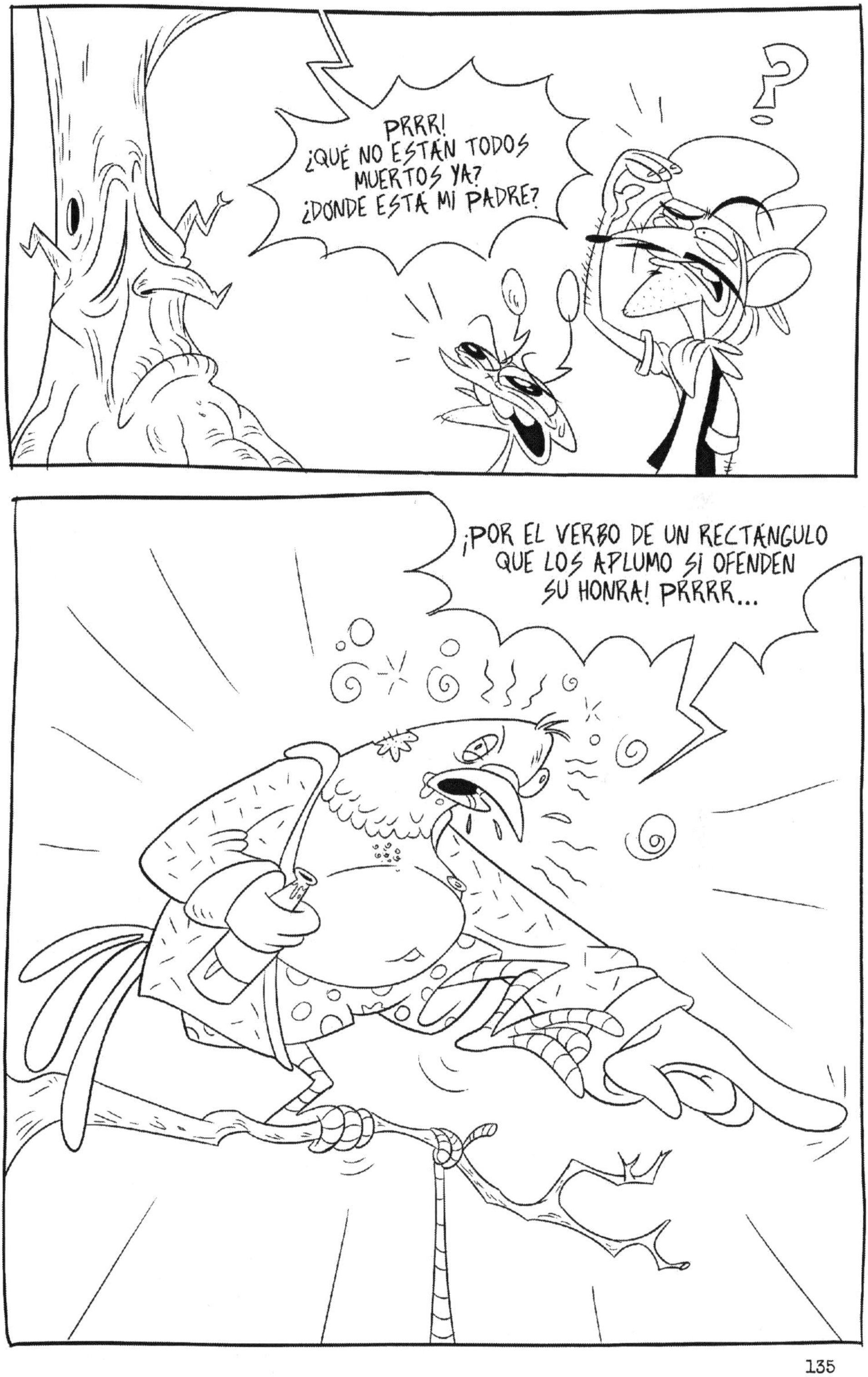

¡POR EL VERBO DE UN RECTÁNGULO QUE LOS APLUMO SI OFENDEN SU HONRA! PRRRR...

¿Y QUÉ? ¿NO OYEN A LOS SEPULTUREROS DE DIOS? PRRR...
¿QUÉ ESTÁ SUCEDIENDO AQUÍ?
¡CONFESAD! DIOS HA MUERTO Y USTEDES HAN SIDO SUS ASESINOS
PERO, AÚN VIVEN SUS DEMONIOS...
¡CHAUCHAS!

¡AAAAHHH!

!

¡PLAM!

SI MUERO ARROJEN MIS PLUMAS AL LECHO DEL GENIO MURANO Y RECEN UN AVE MARÍA
DE TODOS LOS IGNACIOS. DEBÍAMOS HALLAR A PALOMINO

AMIGOS. TODO ESTE MALDITO PLANETA ESTÁ YA CONDENADO AL ABISMO DE LA NADA
¿POR QUÉ NOS DICE ESAS COSAS?
¡NECESITAMOS DESENCANTAR A LUCIO!
¿ME OYE?
¡OÍA!
!!
¿QUÉ ES ESA MELODÍA ERÓTICA?
?
CROACK

AH SISI...
ES LA CRIATURA
MÁS EXCITANTE
QUE ARRULLARÉ
!!!
CAJITA MUSICAL
DE CARNE Y ORINA
CHIC
CLOK
CUANK
DAME TU SALIVA TIBIA Y AMÉMONOS
ESTA MISMA NOCHE,
HERMOSO SER...
¿HAY ALGÚN LÍMITE
PARA LA REPUGNANCIA?
¡HORA DEL
CORTEJO!
!
CROACK
TOING!

¡NO! ES RENEGADO
Y FUE DESTAZADO
POR LAS RATAS
ME ENGAÑABA
¿CON UN BURRO?

NADIE LE OCULTA
A PALOMINO
UN AMOR EN
SU COSTAL
REPÁRALO, IGNACIO.
FUE COMO EL HIJO
QUE NUNCA
TUVE

NADA QUE EL CEREBRO
DE UN PÁJARO
NO PUEDA HACER

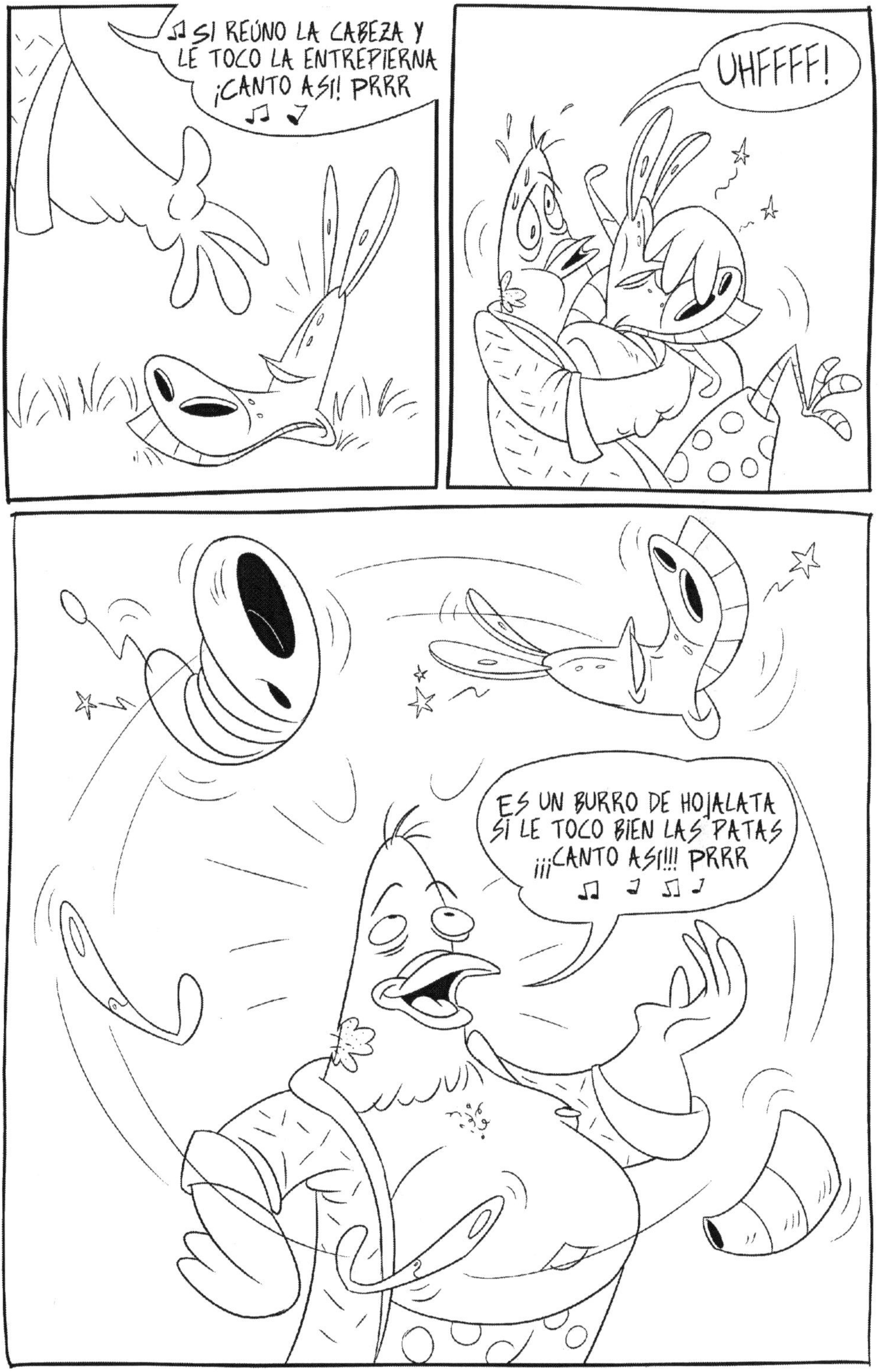

ES UN BURRO DE HOJALATA SI LE TOCO BIEN LAS PATAS ¡¡¡CANTO ASÍ!!! PRRR

AHORA TIENE OJOS VERDES.
YO NO SÉ SI LE CONVIENE.
SI LE TOCO BIEN EL PELO
¡CANTO ASÍ! PRRRRR
ES UN GRAN ARTISTA
UNO MUY GLANDE

Y AHORA, EL TOQUE PALOMINO...

¡LE HIZO CRECER EL PELO!
ESO NO ES LO QUE CREES, M'IJO

¡PRESTO CHANGO!
¡NO HAY PROBABILIDAD!

¡PERO SI ES EL MÁS MALCRIAO DE LOS NIETOS DE MI TATA!
YO NO TENGO PADRE
BZZ!
¡AY! ¡QUÉ LE AI ÉL. SIEMPRE TAN RENEGADO!
!

IGNACIO, LO QUE HAS HECHO NO TIENE PRECIO

PERO LOS ARTISTAS NO TRABAJAMOS GRATIS

¡ASESINOS ENTRE LOS ASESINOS, ESO SON!
ENTRÉGALE EL OJO DE PAPITO, QUE SE NOS PIANTA

ESE BURRO NOS COSTÓ UN OJO DE LA CARA...

NO SE TRATA DE CUALQUIER OJO, PEQUEÑO ALIEN
!

SI TAN SOLO MI PADRE LO HUBIERA VISTO...

YO NO SERÍA UN MUTANTE Y DIOS NO HUBIERA MUERTO ¡PRRR!
!?

MUCHO PALABRERÍO, SR. PALOMINO, ¿CÓMO SABER QUE NO NOS ENGAÑA?

ESTE ES UNO DE LOS SAGRADOS OJOS DE PÂNÛ; UN ARTILUGIO MÁGICO QUE PERMITE A UN NEÓFITO CONOCER SU PASADO Y SU FUTURO

ERAS UNA LARVITA CUANDO "ELLOS" DESTRUYERON TU MATRIA. AHORA SABRÁS DE DONDE VIENES. Y YO, QUÉ HA SUCEDIDO CON MI PADRE TRAS LA CONQUISTA DE LA TIERRA

¿Y QUÉ SABE DE SU PADRE?

SU NOMBRE FUE HERIBERTO CARLOS NEPOMUCENO MOSCA. ÚLTIMO PRESIDENTE DE UN REINO YA CAÍDO: LA ARJENTINA

!

REVIVE LA HISTORIA DE NUESTRA DOMINACIÓN
SLURP!
¡MAMMA MIA!

Capítulo X

Luanda

La *Batalla del Grito*

LA GRAN MATRIA-MAMMA DE INN FUE EL HOGAR DE LA PACÍFICA COMUNIDAD DE LOS CASCARUDOS INNERNIANOS. LA TOTALIDAD DE SUS CONVIVIENTES SE NUTRÍA DE LAS FLORES AZULES QUE BROTABAN DE LOS INNUMERABLES BRAZOS DE LUANDA, HIJA DE SIDELIA.
EL SILENCIO DE MIL RÍOS DE SANGRE BLANCA ILUMINADOS POR UN CÚMULO DE HOJAS MULTICOLOR; EL FULGOR DE LOS CIELOS EN PRIMAVERA Y EL ORGIÁSTICO CANTAR DE UN CORO DE MONTAÑAS NEBULARES; TODO INN ERA MAMMA LUANDA, EN SU VIENTRE Y EN SU PROGENIE...

DE LA NAVE NODRIZA, TELEDIRIGIDA POR "ELLOS", SATÉLITES COMANDADOS POR GULHAMS ROBOTIZADOS, NO DETENÍAN SU RUMBO A LAS ENTRAÑAS DEL PLANETA
¡DESTRUYAN ESE ÚTERO!
¡AL FIN CONOCERÉ A MAMÁ!
¡CÁLLATE, TONTO!
CON TRAJES PROTECTORES Y BAJO UNA NIEVE ASESINA, EL EJÉRCITO GULHAM AVANZÓ SOBRE RÍOS Y PRADERAS, ALDEAS Y TEMPLOS, CON EL SOLO FIN DE RECLUTAR MANO DE OBRA ESCLAVA

MAMMA LUANDA LANZÓ, ENTONCES, UN INSONDABLE GRITO DE FURIA, EN CLAMOR A SUS HIJOS PARA ALISTARSE EN LA BATALLA POR LA SUPERVIVENCIA DE LA RAZA, MIENTRAS LA NIEVE ASESINA CAÍA CON MÁS FUERZA

¡FERMÉNTENME CON SUS HUESOS!

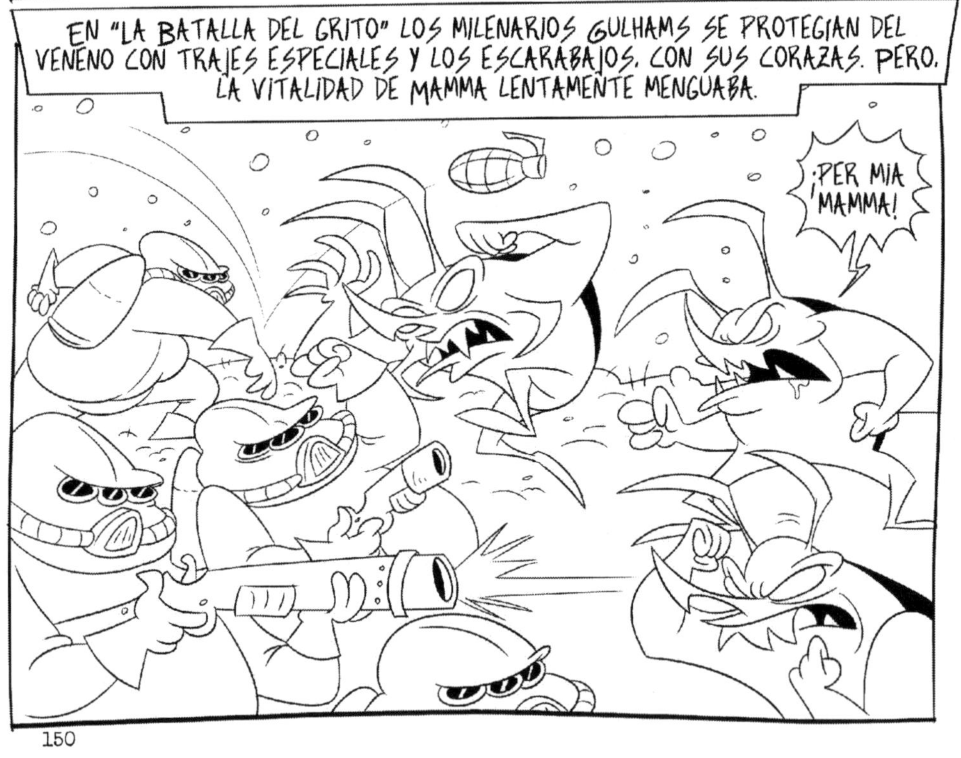

EN "LA BATALLA DEL GRITO" LOS MILENARIOS GULHAMS SE PROTEGÍAN DEL VENENO CON TRAJES ESPECIALES Y LOS ESCARABAJOS, CON SUS CORAZAS. PERO, LA VITALIDAD DE MAMMA LENTAMENTE MENGUABA.

¡PER MIA MAMMA!

NO HABÍA SITIO EN LUANDA QUE NO HUBIERA SIDO DOMINADO POR EL INVASOR QUE, ESCLAVIZADO ÉL MISMO, CELEBRABA LA VANAGLORIA DE LA CONQUISTA DE LOS OTROS, DE LOS "ELLOS"

PUES, YA SOLO RESTABA ASESTAR EL GOLPE FINAL: ASESINAR A LUANDA EN EL NOMBRE DE "ELLOS" Y CONVERTIR A SUS HIJOS EN EL EXCREMENTO QUE FECUNDARA EL CICLO PRODUCTIVO DE OTRA MATRIZ, BAJO OTRO CIELO.

LUANDA RESISTIÓ CON TEMOR Y TEMBLOR LA ANIQUILACIÓN DE INN. EN EL TERRITORIO DE SUS PROPIAS ENTRAÑAS.

SPLAT!

EN VANO LA LANZA Y LA ESTRELLA ARRANCARON SESOS AL ENEMIGO DE LA HIJA DE SIDELIA, EN LA HORA DE LAS HORAS. SOLO EL MURMURAR INOCENTE DE UN NOMBRE SIGNABA DE ESPANTO Y MUERTE AL QUEBRANTARSE DE NADA LA PESADUMBRE DEL FIN, SIN OBTENER LA INSISTENTE LLAMADA, RESPUESTA ALGUNA.

¡HORTENSIO Y ARNALDO, A TRABAJAR!

SI ES UNA LARVA APESTOSA
¡TIENE OJITOS DE ALGODÓN!

¿DE QUIÉN ES ÉSTA NARICITA?
!
¡ES MÍA!

BUJAA AAA!

CREO QUE LO ROMPI
?
BUUUAAA!

MMMM... TODAVIA TIENE MUCOSA

LLEVARÁS EL NOMBRE DE TU RAZA, PEQUEÑO INKER...
INNER...

"ELLOS" NO SE DETENDRIAN HASTA PONER DE RODILLAS A CADA UNO DE LOS REINOS VIVOS DE LA GALAXIA. Y LA TIERRA SERIA SU PROXIMO OBJETIVO.

MANOS. AGARTHINOS, REPTILIANOS, GRISES Y GULHAMS. TITERES DE UNA INVASIÓN SIN ROSTRO. SÓLO HABÍAN DE OBEDECER EL MANDATO DE ESCLAVIZAR SIN PIEDAD. PARA SOBREVIVIR ELLOS MISMOS.

EL 4 DE JUNIO DE 1963. A LAS 19:45 BUENOS AIRES VISLUMBRO EN EL CIELO QUE SEPARA LA CONSTELACIÓN DE LA CRUZ Y EL FARO DEL PALACIO BAROLO. EL INICIO DE LA INVASIÓN.

KABUUM

ESTA ES UNA HISTORIA QUE DEBERÁ SER ESCRITA PARA TODOS LOS TIEMPOS

Capítulo XI

Mujalata

Los pirulines y el desencanto...

¡EN VERDAD FUI UN PRINCIPE!

ENTONCES... MI PADRE HA SIDO ROBOTIZADO POR "ELLOS"

¡MADRE MIA! ¿DONDE ESTÁN MIS HERMANOS?

?
¿?
IGNACIO, ¡ES HORA DE DESENCANTAR A LUCIO Y BUSCAR A MI FAMILIA!

SOLO UNA MUJER HAY QUE PUEDE AYUDARLOS

¡EUREKA!

!
EL ÁRBOL DE LA MUERTE LOS GUIARÁ A ELLA. PRRR...

¡NO OLVIDEN RESPIRAR!

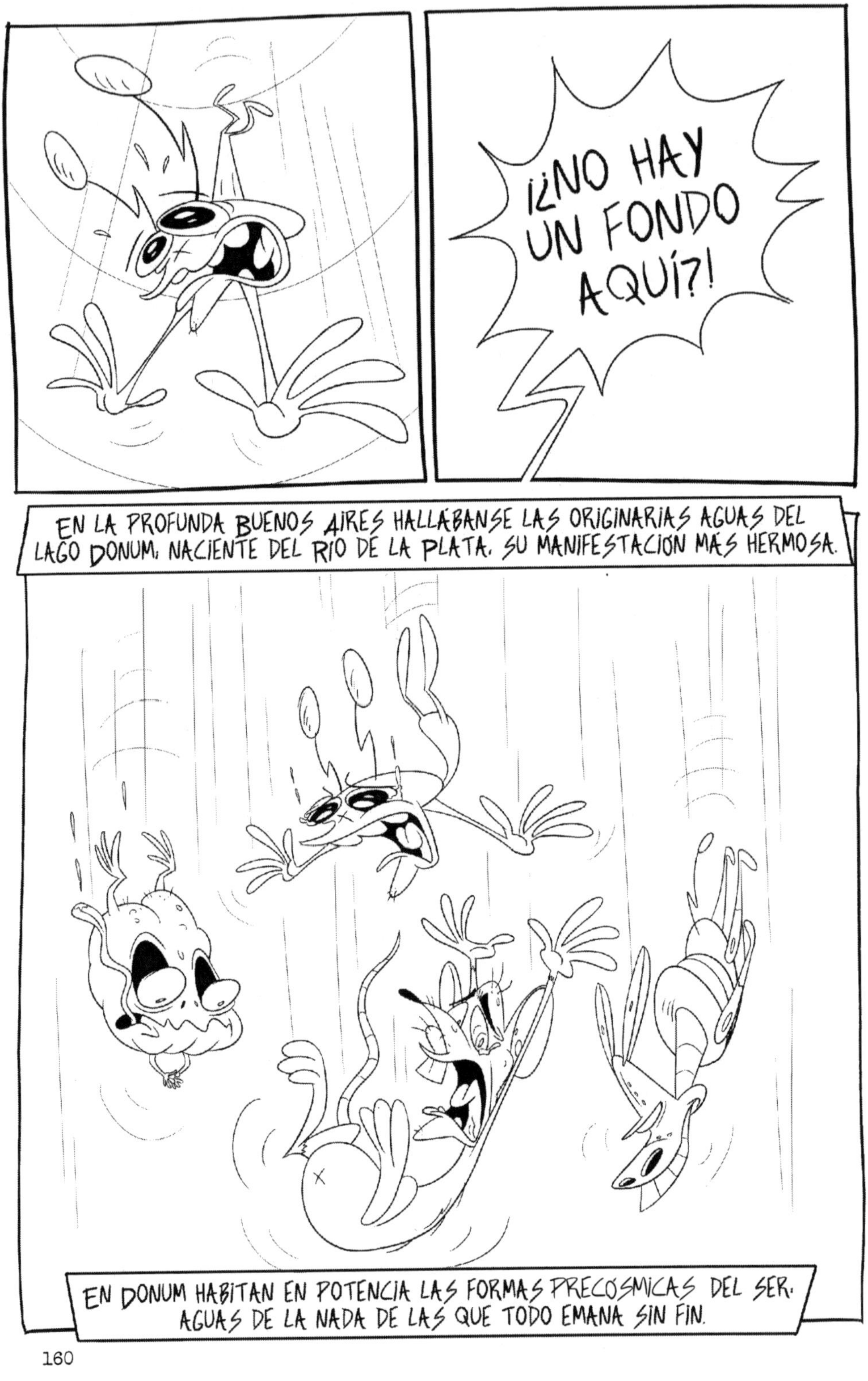

EN LA PROFUNDA BUENOS AIRES HALLÁBANSE LAS ORIGINARIAS AGUAS DEL LAGO DONUM, NACIENTE DEL RÍO DE LA PLATA, SU MANIFESTACIÓN MÁS HERMOSA.

EN DONUM HABITAN EN POTENCIA LAS FORMAS PRECÓSMICAS DEL SER. AGUAS DE LA NADA DE LAS QUE TODO EMANA SIN FIN.

SISTEMA DE
POSICIONAMIENTO
GEOGRÁFICO
DESACTIVADO.
LOS PRINCIPES
NO PODEMOS MORIR

METROS MÁS ABAJO...
SPIT
SPLASH!

¿QUIÉN HA HECHO ESTE MALDITO PLANETA?
¡ULLUK HA VISTO ALGO ALLÍ!

CROACK

¿QUÉ SERÍA DE NOSOTROS SI IGNACIO TE HUBIERA DESPOSADO?
CROACK

EN LUANDA LAS ARENAS ERAN MÁS BLANCAS Y LAS AGUAS MÁS DIVERSAS
TU PLANETA YA NO EXISTE.

SR. LUCIO PADECE SUEÑO DE RATA
Z Z Z Z

¡¡¡A LO' PIRULINEEE!!!
¡NO PUEDE SER! ¿DON ADOLFO?

PIVE LOCO,
QUI PRONTO
TE MURISTE...

TODAVÍA NO
ESTOY MUERTO
MIENTES

SÉ QUE
AÚN RESPIRO
TODOS É NESTA
ORILLA FALLECIMOS
¿QUÉ?

PALOMINO DIJO
QUE UNA MUJER
NOS AYUDARÍA
¿LA BRUJA MUJALATA?
NECÉ PAJARICO
NO NES DE FIAR...

LA BRUJA HA
NESTADO
NÚMIDA POR
MUCHO TÉMPORE
ERA NUESTRA
ÚLTIMA ESPERANZA

UN PIRULÍN LIS SACARÁ LA CONGOJA

MMF!

HA MUCHO MUJALATA NESPERA SU HOMBRE
¡Y LO TENDRÁ!

ADIÓS PIVE ALIEN
FUE UN SABROSO PIRULÍN, DON ADOLFO

DEBAJO DE LA TIERRA EN LA QUE TODA RODILLA FUERA DOBLADA POR EL INVASOR, A ORILLAS DE DONUM, EL FARO DE AHRIMAN ILUMINA A LOS MUERTOS EN SU TORTURA SIN DESCANSO. ALLÍ, LA BRUJA MUJALATA TROCA TIEMPO POR HECHIZOS, DE ENCANTO Y DESENCANTOS

TODOS LOS MUERTOS VAN HACIA ELLA

¿DE QUIÉN ES EL NIÑO MÁS MALIGNO DEL FARO?

TRAS LA CONQUISTA DE LA TIERRA, MUJALATA NEGÓ LA DERROTA ANIDANDO EN SU MENTE LA FANTASÍA DE UNA MATERNIDAD PERPETUA
¡ES MÍO!

RIIIING!
¿JUSTO AHORA?

¿QUIÉN SE ATREVE A INTERRUMPIR A UNA MADRE EN SU LACTANCIA?

MALDITA BRUJA DORMILONA,
ABRE LA PUERTA...

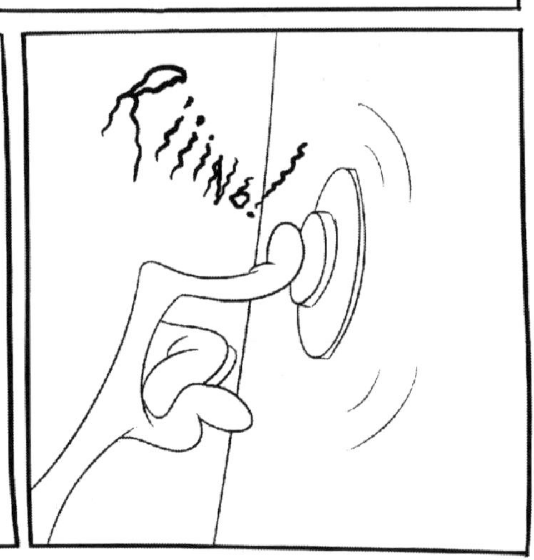
¡Riiing!

EL CÓDIGO DE ACCESO ES "ESPERAR", SR. INKER
!

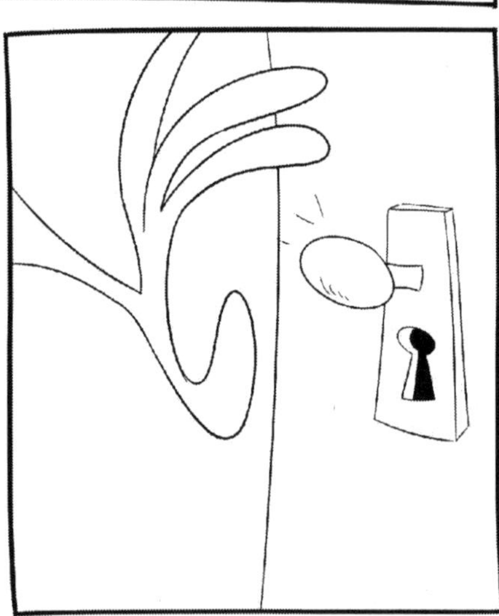

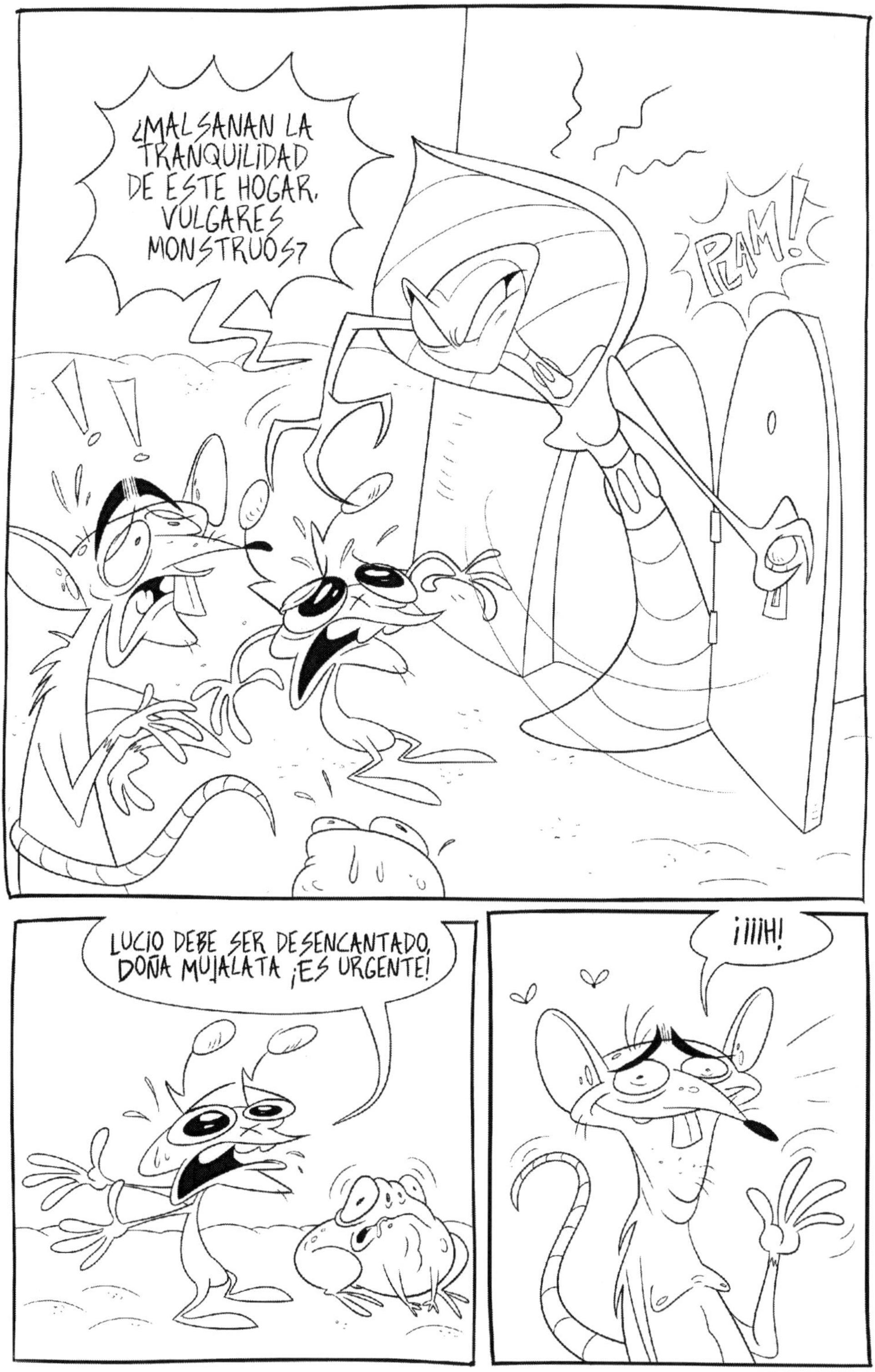

¿MALSANAN LA TRANQUILIDAD DE ESTE HOGAR, VULGARES MONSTRUOS?

PLAM!

DIENTES DE PERLA Y OJOS DE ESTRELLAS
UN RACIMO DE VÉRTEBRAS LUJOSAS
!!!
Y ESA MIRADA TRISTE DE RATA LASTIMOSA...
SERÁS EL PADRE...
¡¿¡¡¡H¡?
DEL HIJO QUE NACERÁ ESTA MISMA NOCHE
¡¡¡H¡¡H¡¡
SLAM!
?
NO MOLESTAR

UN PASEO ACLARARÁ
NUESTRO PENSAMIENTO
EN LA DULCE ESPERA

YO NO DEBO
ALEJARME
DEL SR. LUCIO

¿ES QUE OTRA VEZ SERÁ SILENCIO Y ANGUSTIA.
DE NOCHE SOLITARIA EN LA ESPERA?
ESE BURRO SE
CREE MUY LISTO
CROACK
"SERÁS...
UNA Y OTRA VEZ
LO SIDO"

TÁ.TÁ.TÁ
PERO SE
ARREPENTIRÁ!

¿QUÉ?
GOOOL!!!

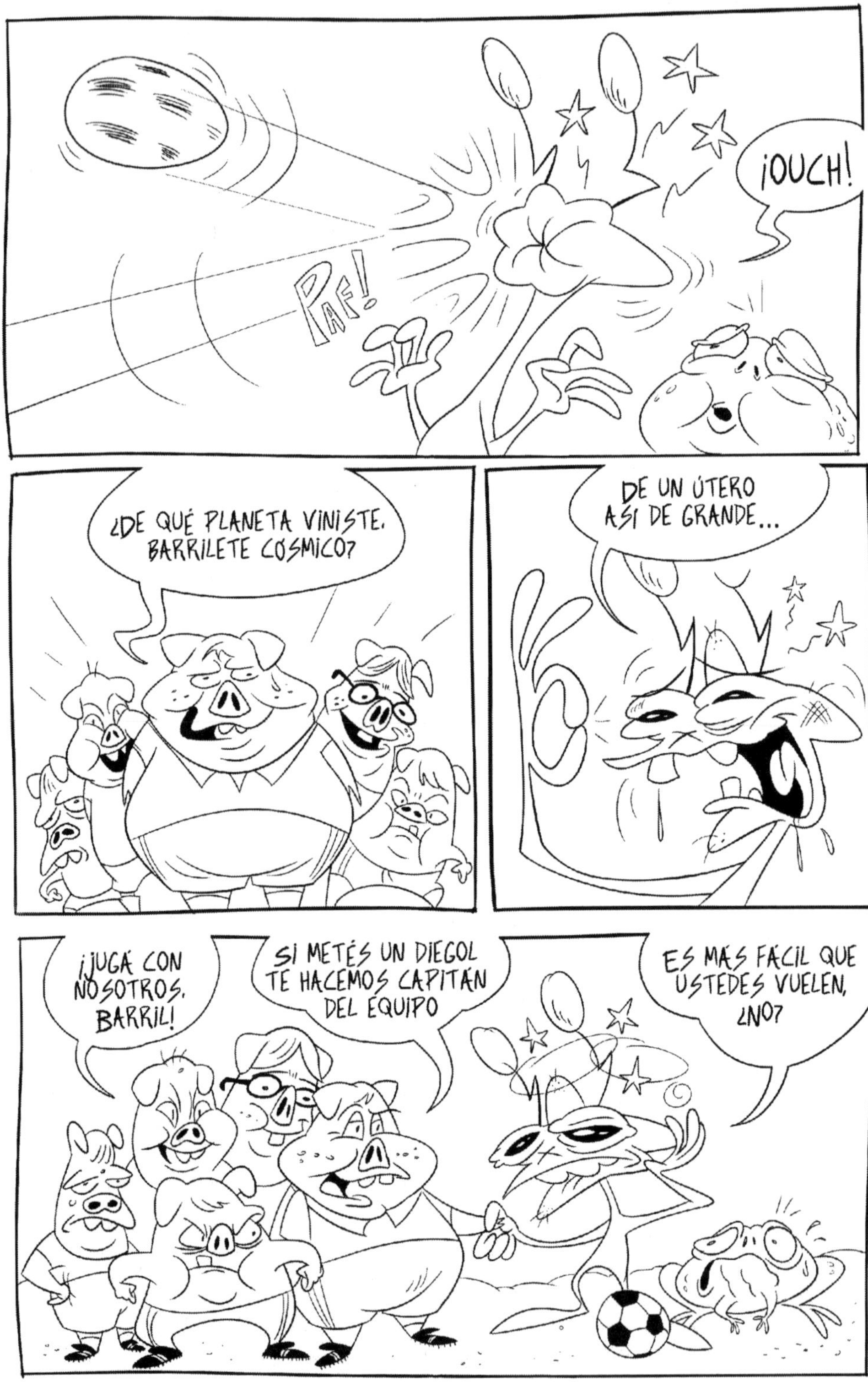

¡OUCH!

PAF!

¿DE QUÉ PLANETA VINISTE,
BARRILETE CÓSMICO?

DE UN ÚTERO
ASÍ DE GRANDE...

HACELO POR TU VIEJA, BARRIL
¿ESTOS CHICUELOS HABLAN DE MI MAMMA?
AHORA VAN A GRITAR UN DIEGOL
SPLASH!
PUM!
!!!
¡DISCULPÁ SI NO SABÍA LO QUE HACÍA
MIRAME A LOS OJITOS, BARRIL...

¡NOS CORTASTE LAS PIERNAS!

AHORA VAS A VER, BARRILITO...

VUELA COMO UN CERDITO, ¿NO?
ES MÁS LIVIANO QUE UNA PATADA

CROACK
¡ULLUK ES UN SER SAGRADO!
JA JA
JA JA
JA

DETENGAN TODO ESTO... ¡POR MI VIEJA, PIRULINES!

¡ANDÁ A BUSCARLA!
¡LA PELOTA NO SE MANCHA, BARRIL!
AY! YA DE ESTO...
¡UN POCO MÁS!
ESE BURRO ES EN VERDAD MUY LISTO

¿CÓMO SALIR DE LA NOCHE DOLIENTE?
"EN SU NOCHE TODA MAÑANA ESTRIBA: DE TODO LABERINTO SE SALE POR ARRIBA SI EL ALTO AMOR LO QUIERE. PERO EN HORAS DE TINIEBLA NO TE APRESURES"

Capítulo XII

Wïja

¡Gozarás!

SOBRE LAS AGUAS SIN FONDO DE DONUM, EL ÁNGEL DE LOS SEIS INFIERNOS, BAHAMUT-CTULHU, SOSTIENE LOS CIELOS Y LA TIERRA BAJO EL PEÑASCO DEL TORO UNGIDO. EN SU SANTUARIO, UN JUEGO DE COPAS DETERMINA EL DESTINO DEL NEÓFITO Y SIGNA SU CONDICIÓN, EN EL CIRCULO FUNDACIONAL DE LA VIDA Y DE LA MUERTE.

¡JUGARÁS HASTA MORIR!
?

JUEGO DE COPAS QUE DESTAZA AL ESPÍRITU AQUILEO Y EXPÍA EL CUERPO DE LOS SUFRIENTES.
¡PUM!

CON LA VELOCIDAD DE DIEZ MIL CABALLOS, BAHAMUT-CTULHU LLEVÓ AL PEQUEÑO INKER A LA SALA DE LA WIJA, SITUADA MÁS ALLÁ DE TODO ENTENDIMIENTO.
?!
¡MÁS RÁPIDO QUE LA VELOCIDAD DE LA LUZ!

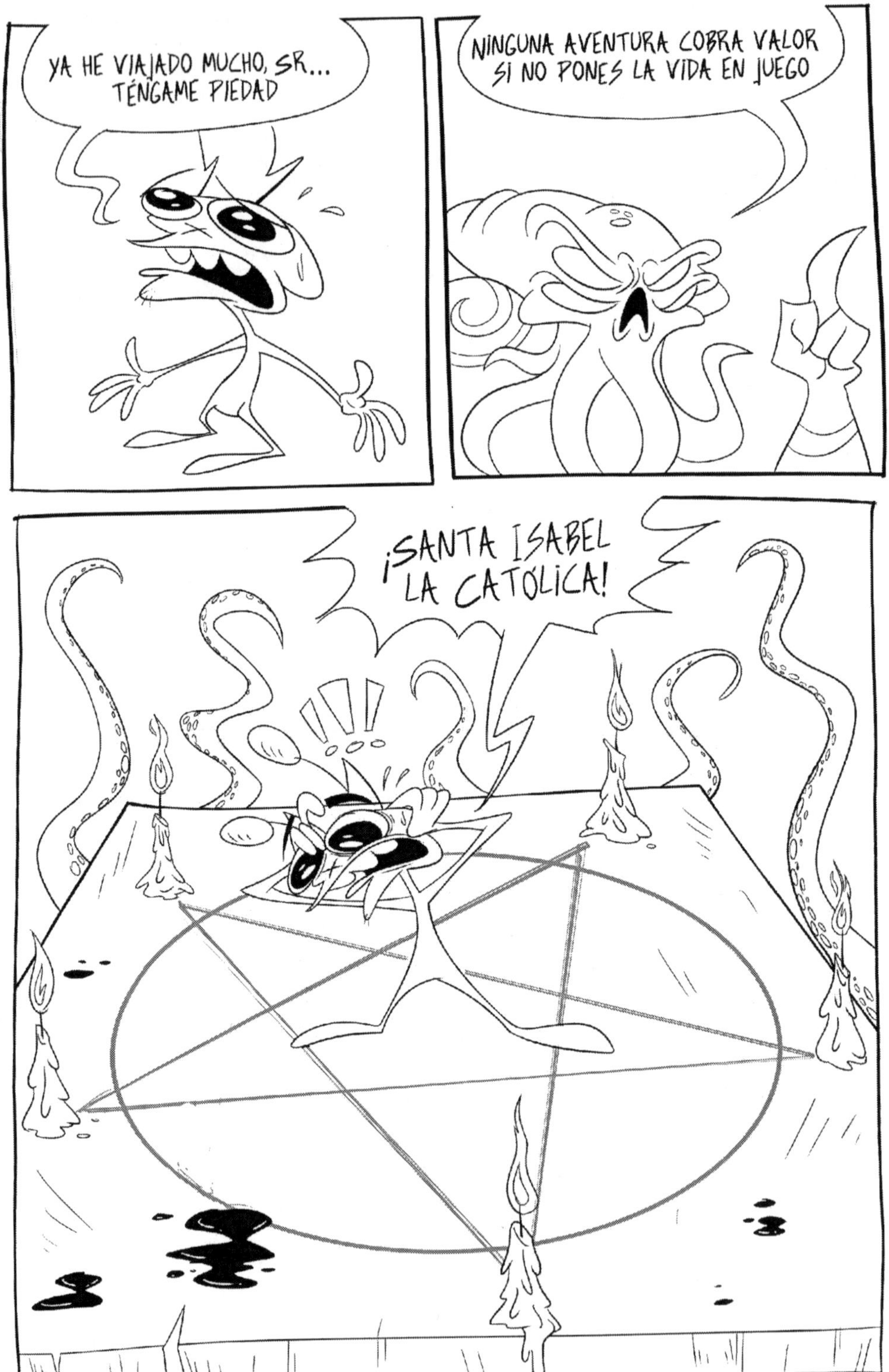

¡SANTA ISABEL LA CATÓLICA!

SI GOZAS, MUERES.
SI SUFRES, RESPIRAS.
¡POF!
whoosh!
NO OTRA DESPLAZA LA COPA MÁS QUE LA VOLUNTAD DE NADA O DE VIDA DEL JUGADOR. LA EXISTENCIA ES SUFRIMIENTO Y LA MUERTE, SU MAYOR GOCE.
YO NO PUEDO CREERLO
!!?
¿ME HABRÁ HECHIZADO MUJALATA?

ERES EL ÚLTIMO PRINCIPE DE INN, HEREDERO DEL REINO DE SIDELIA. TU NOMBRE DECIDIRÁ EL DESTINO DE TODAS LAS RAZAS CON LA RIQUEZA QUE ALIMENTA TU PODER. ERES LA FUERZA QUE EL CETRO MATERIALIZA EN TU EMPUÑADURA.

MMM...

... OH MI RINOPLASTIA

CRASH!

¡QUIERO RESPIRAR!

EN LUANDA NUESTRA RIQUEZA CONSISTÍA SOLO EN FLORES

PUFF!

¡Y ELLAS FUERON TODAS ARRANCADAS!

¿ELIGES SUFRIR, ASÍ, SIN MÁS?

ELIJO LO QUE ENTIENDO...

¿?
ES JUSTO PARA PRESER...VAR ...LA...LA VIDA
POSEERÁS FÉMINAS DISPUESTAS A SACRIFICARSE POR LA CONSERVACIÓN DE TU SANGRE, Y ESTARÁS LIBRE DE CULPA PARA SEXUAR CON FEROCIDAD, PUES, NO SERÁN ELLAS MÁS VALIOSAS QUE EL AGUA QUE MANA DE LOS POZOS.
SÍ DECIMOS NO... ES EN VERDAD SÍ, PRÍNCIPE...
HACE TANTO QUE NO ME DUELE... NO SIENTAS CULPA
SOLO UN HIJO TUYO NOS REALIZARÍA
FECÚNDANOS CON GLORIA

¡AY! PERO SI LLORA COMO NIÑITA
¡YO SOLO QUERÍA HABLAR!
¡SI NO DUELE NO ES AMOR!
¡DUELE MUCHO!
PUFF!

LAS INNERNIANAS NUNCA SE HUBIERAN SOMETIDO A UN HERMANO

¿RECHAZAS EL PODER, LA RIQUEZA Y EL GOCE?

¿Y QUIÉN SERÁ TESTIGO DE TU TRIUNFO?

¡YA LO VERÁS!

ENRICO...

VEN AQUÍ,
LUANDA MÍA...

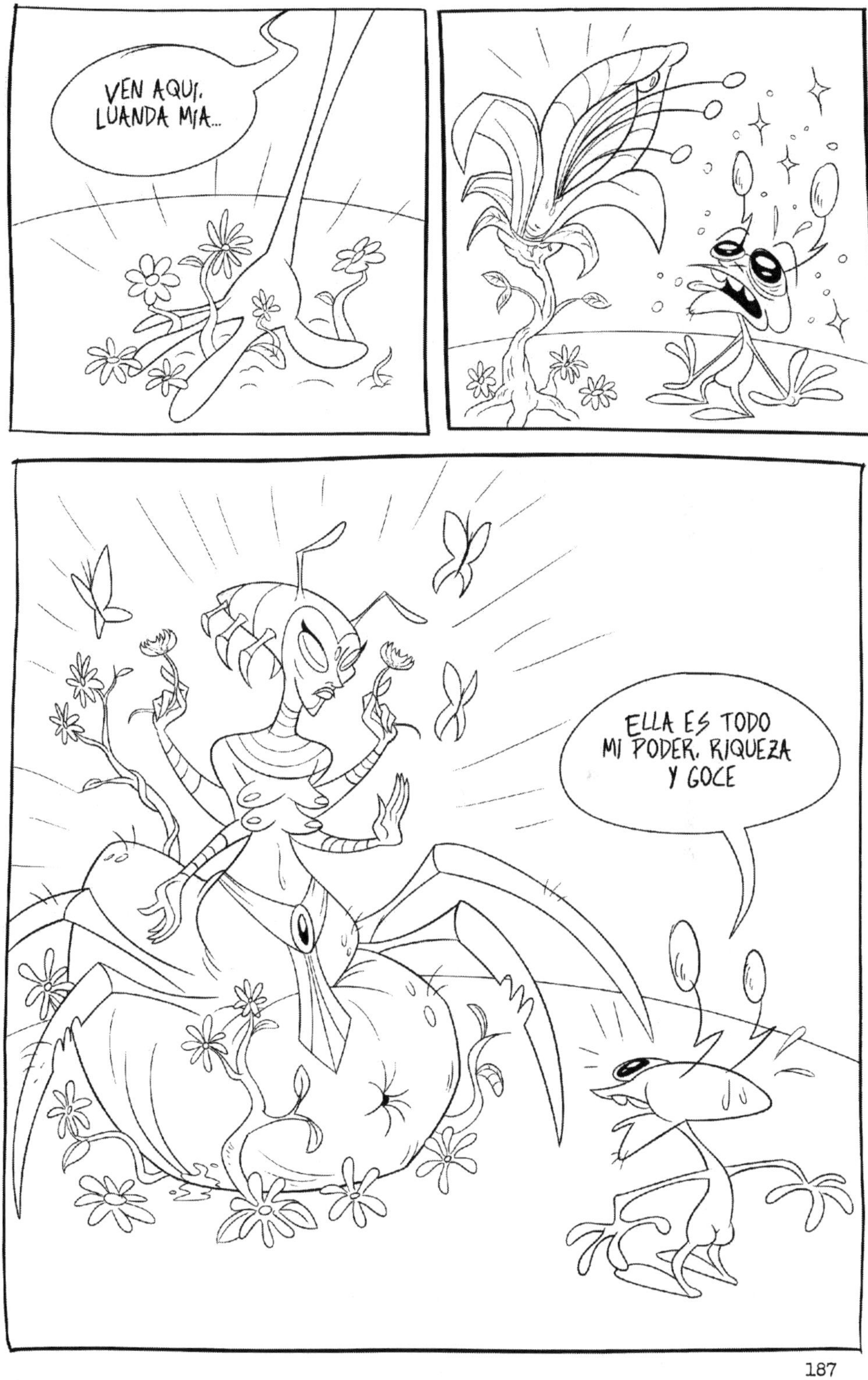

ELLA ES TODO
MI PODER, RIQUEZA
Y GOCE

YO DOY TESTIMONIO
EXTRAÑO A MI MAMMA...
MAMMA... MAMMA...
¡PERO, QUÉ HERMOSO SER!
ESE INKER ES MEDIANO
ANO...ANO...

OYE, PRINCIPE DE INN...

¡POR MI MISMO QUE SOY YO!

AQUÍ TAN SOLO Y TRISTE, NADIE ME HA AYUDADO...

HAZME UN FAVOR PARA QUE MI CARNE YA NO SUFRA TANTO.

¡LÚSTRAME LA BOTA!
NO PODRÍA NEGARME

ERES TAN
BUENO, INKER

¡MÁS
RÁPIDO!
SCRATH!
SCRATH!

¿LO HE HECHO
BIEN, SU ALTEZA?
TAL VEZ...

DEBERÁS BEBER
DE ESTA POCIÓN
PARA MEJORAR
SPLAT

NO ME
DECEPCIONES,
¡PARA TI ES
TAN FÁCIL!

PARECEN PSICOFÁRMACOS

BLAAGH!

¡AH! ¡PERO ME HACES TODO ESTO A MÍ!

¡ES INAUDITO!

ERES EL MISMO MISERABLE DE SIEMPRE

YA NO SÉ POR QUÉ PIERDO MI TIEMPO ESCUCHÁNDOTE...
TODA TU VIDA NO ES MÁS QUE UNA INMUNDA HISTORIETA
¡ESTA!

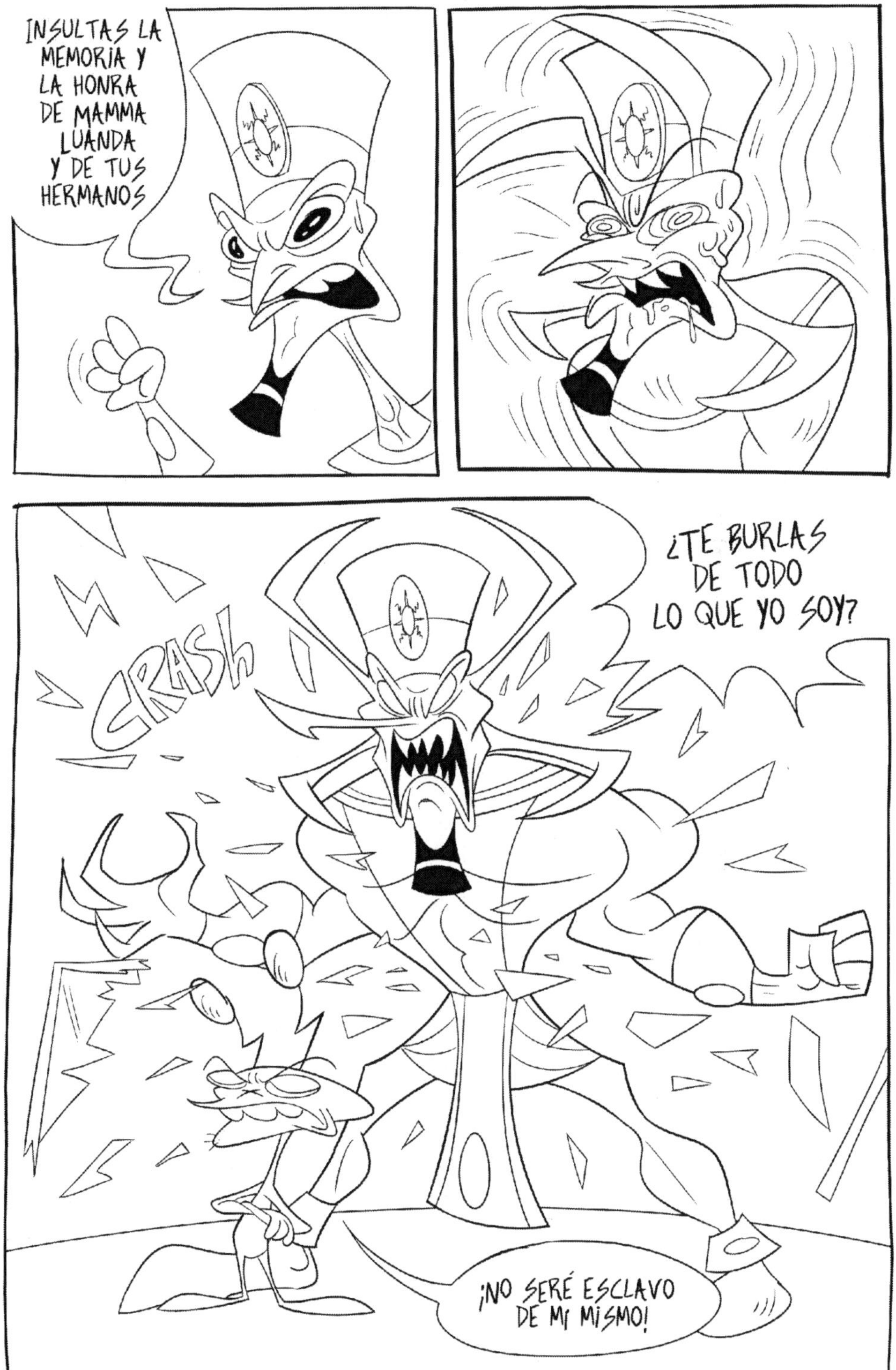

¿TE BURLAS DE TODO LO QUE YO SOY?

CRASH

¡NO SERÉ ESCLAVO DE MI MISMO!

TODOS SUEÑAN LO QUE SON, AUNQUE NUNCA LO COMPRENDAN
PUM!
¿ESO ES TODO?
!
SI ME DEJAS...
JURO POR TUS MUERTOS QUE...
...YO...

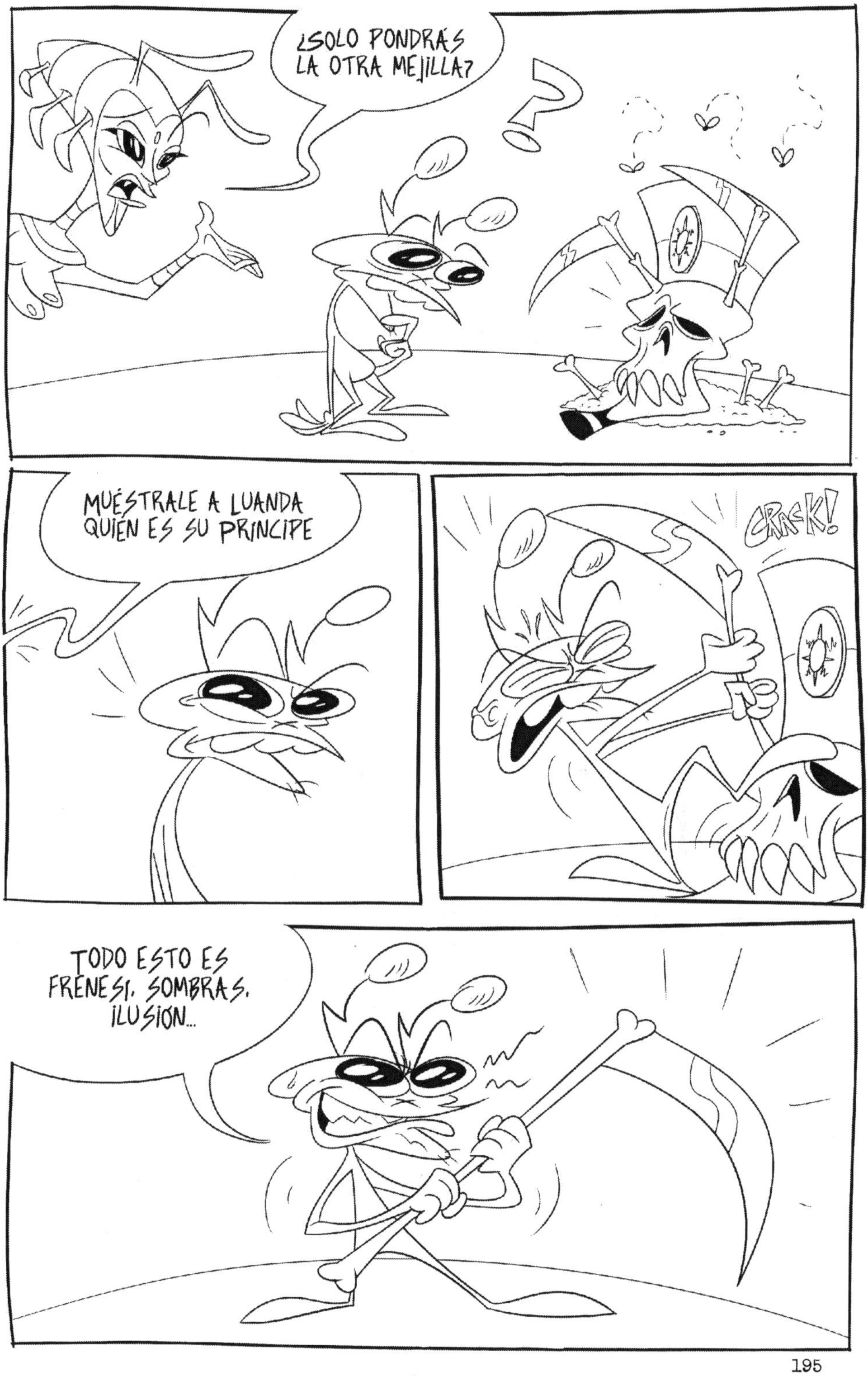

¿SOLO PONDRÁS LA OTRA MEJILLA?

MUÉSTRALE A LUANDA QUIÉN ES SU PRÍNCIPE

CRACK!

NI ES NI NO ES. LA VIDA. EL SUEÑO DE NINGUNO DE LOS NADIES

¡NADIE EN ESTE
JUEGO SATÁNICO
LE HABIA ARRANCADO
LA CABEZA A SU MADRE!

¡ERES
EXECRABLE!
FZZZ!

PUFF!

POF!
?!
¡BAH!
NI GANÉ,
NI PERDÍ...

Capítulo XIII

¡Tango!

...esquina de un tiempo antiguo...

PERDÓN POR EL RETRASO, ULLUK. VIEJO AMIGO

ESPERO QUE ESOS PUERCOS NO TE HAYAN HECHO DAÑO

¡PIRULINES, LLEGÓ BARRIL CON SU PELOTA!

Y... ¿DÓNDE SE HABRÁN IDO?

BUE... YA ES HORA DEL REGRESO

BURP!

ESE BURRO SE MORIRÁ DE ENVIDIA CUANDO SEPA QUE GANAMOS EL PARTIDO

SUJETOS ACERCÁNDOSE A FAMILIA MUJARÁN
BIP BIP!

TE HEMOS ECHADO TANTO DE MENOS, RENEGADO. ESPERO QUE HAYAS DISFRUTADO DE TU DESCANSITO
TAC TAC

YO RECARGO MIS BATERÍAS CON LA LUZ, SR. INKER

ES LA VOZ HUMANA DE LUCIO, YA DEBE ESTAR RECUPERADO
¡PASE NOMAI!
RIIING!

NO ME LLORE MI NIÑO SI LO ABANDONO...
BUAAAA
¿QUÉ ES ESA COSA, LUCIO?

ESTE GURÍ ES EL PRECIO DE MI DESENCANTO, APARCERO
BUAAAA
BUUAAA!
BUUUUUUAAA
¿COMO TE LLAMAS, NIÑO?
BUA...
!
¡EMEKIÁN!
NA
NA
LA CHUSMITA YA SABE ESCOBILLAR UN ANTIGUO MALAMBO PAMPERO

MUJALATA ME COBRÓ UNOS TREINTA AÑOS DE VIDA A CAMBIO DE OLVIDAR AL TATA
NO ERA UNA MALA RATA...
¡LUCIITO, TRÁEME UNOS OJITOS DE ÁNGEL PARA LAS PLANTAS!
Y UN VINITO PATERO, DOÑA
MANDRÁGORA AUTUMNALIS
!
NO DESCUIDES LA RETA-GUARDIA, MI CHINA BRUTA

ESE CHANGUITO ME HA SALVADO EL PELLEJO VARIAS VECES
VETE YA DE ESTE HOGAR, LUCIO NO PUEDE SALIR A JUGAR MÁS
!
¡POF!
!?
?
ESQUINA DE UN TIEMPO ANTIGUO

CARNAVAL DE
UN TANGO
ENDEMONIAO

ESTÁ TRISTE
EL BARRIO SIN
TU GABELA

¡AY!
BRUJITA GRELA,
DAME YA TU
OBLIGACIÓN
CLAP
CLAP
CLAP

NUNCA UN
BUEN DÍA...

AQUÍ ESTÁ
TU TUBÉRCULO,
COMECHINGÓN
¡SACÁ LA
MANO DE
AHÍ, VIEJA
BAQUETA!

ATREVETE A UNA
BAILADA, ATORRANTE
QUÉ ME TOCÁ
É VÓ, TROILO

¡TANGO!

ES DURO
EL FACHA
BRUTA...

ABRÍ LAS GAMBAS
PARA EL FIRULETE

¡SE ARMÓ LA
FESTICHOLA!
¡QUÉ
JULEPE!
¡¡¡BRAVO!!!

NO TE PASÉ DE LA RAYA, MORZA

ChoMP!

¡¡AAAAHH LA PUTA QUE TE PARIÓ!!
JA JA JA JA

¡TE VOI A CASCOTEAR TODO EL RANCHO, BIGOTE!

EL TANGO ARRANCA LAS MÁS NEGRAS FLORES DEL ALMA, JUGUETE...

¿POR QUÉ ES USTED UN RACISTA?

SI NEGRAS SON TAMBIÉN LAS PUPILAS Y CON ELLAS LE ENTRA A UNO LA LUZ...
EL OJO TODO LO VE, PERO NO SE VE.
TAL SUCEDE CON DIOS, IGNORA A SUS PROPIOS DEMONIOS

¡TANGO!

CUÁNTA MALDAD, QUÉ ESTUPIDEZ,
LA TIERRA ESTÁ EN LIQUIDACIÓN
YA NO HAY MÁS MORAL, YA NO HAY MÁS FE,
ES TODO TODO UN GRAN REVÉS

¿QUIÉN HA VENIDO A VISITAR AL TIO ARNALDO?
!

AHORA SOLO FALTAN MUJERES...

ESE DIABLILLO BUFON ES UN MACHIRULO OPRESOR

QUÉDATE AQUÍ CON TU ESPOSA, INKERCITO
¡¡¡ERA HORA DE QUE SENTARAS CABEZA Y TE CASARAS...PRR!!!
¡PERO MI MADRE HA MUERTO!

ADRIEL HARÁ QUE TODOS ALCANCEMOS LA PLENA SATISFACCIÓN DE NUESTROS DESEOS
¿Y CUÁL ES EL PRECIO?

¡LIBERTAD POR GOCE INFINITO!

IMAGINA CUÁNTOS CAMARONES PODRÍAMOS COMPARTIR, AMIGO MÍO
NO... ARNALDO HUBIERA DESEADO DINOPATOS ASADOS

¡BASTA YA
DE EMBRUJOS,
CANTINFLETA!

¡NI DIOS HA
OSADO TOCAR
MI BÁCULO!

DIOS NO ES
EXTRATERRESTRE

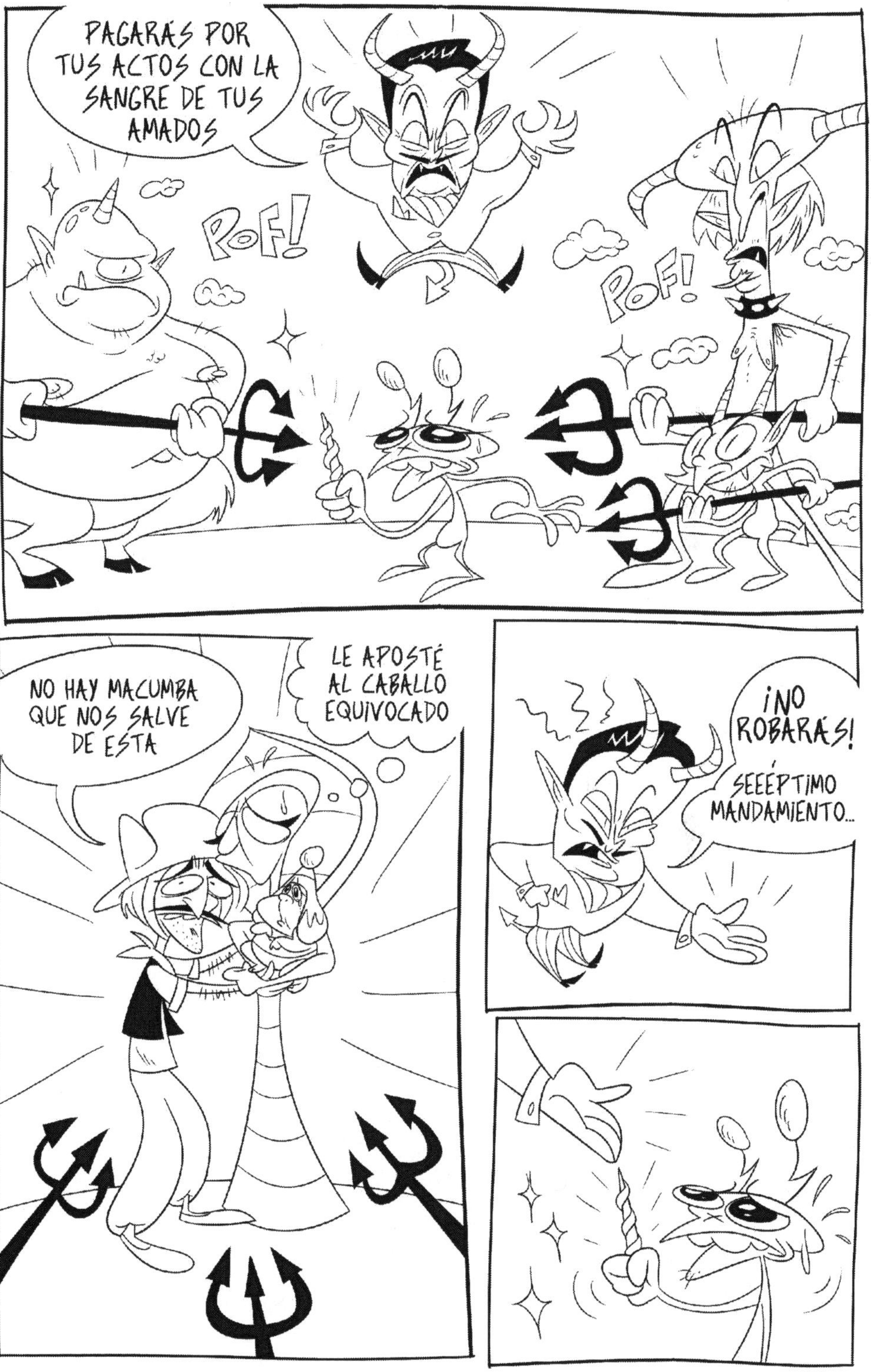

PAGARÁS POR TUS ACTOS CON LA SANGRE DE TUS AMADOS
POF!
POF!

SÉ UN
CRISTIANO PIOLA.
MUÑECO...
¡POR EL ÚTERO DE
LA GRAN DIOSA DE INN
QUE LO SOY!
Y
TAMBIÉN
YO...
PUM!
¡METTI L' ALTRA
GUANCIA ALLORA!

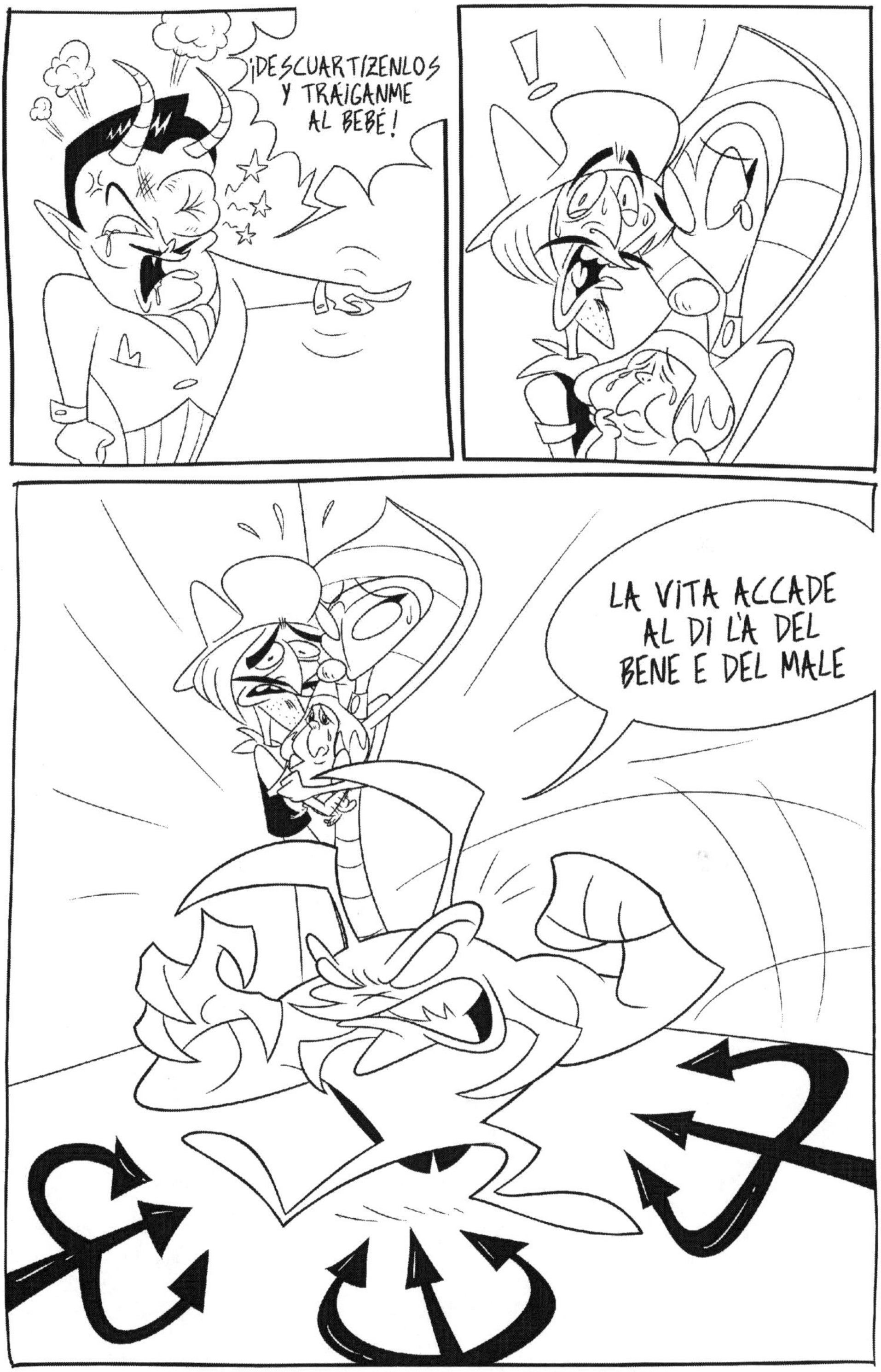

LA VITA ACCADE AL DI L'A DEL BENE E DEL MALE

¡PER MIA MAMMA!
PUM!
PAM!
PAF!
CRANCH
¡¡¡AAAAHHH!!!

EL MAYOR CRIMEN DE TODOS HA SIDO CREAR INFIERNOS Y PARAÍSOS
!!!
¿QUÉ PASA ACÁ?
!!
FUERAA!
¡PERO SI ES PEOR QUE ADRIEL!

¿QUIÉN VA A LIMPIAR ESTE ENCHASTRE AHORA?
PUEDEN USARSE PARA LA CENA, SEÑORA...
MIENTRAS ESTÉS EN ESTA CASA SE HACE LO QUE YO DIGO
...CUANDO TENGAS HIJOS ME VAS A ENTENDER
YO NO QUIERO ESTE TIPO DE AMISTADES PARA LUCIO. ASÍ QUE TE VAS YENDO... ¡CALLADITO LA BOCA!
!?

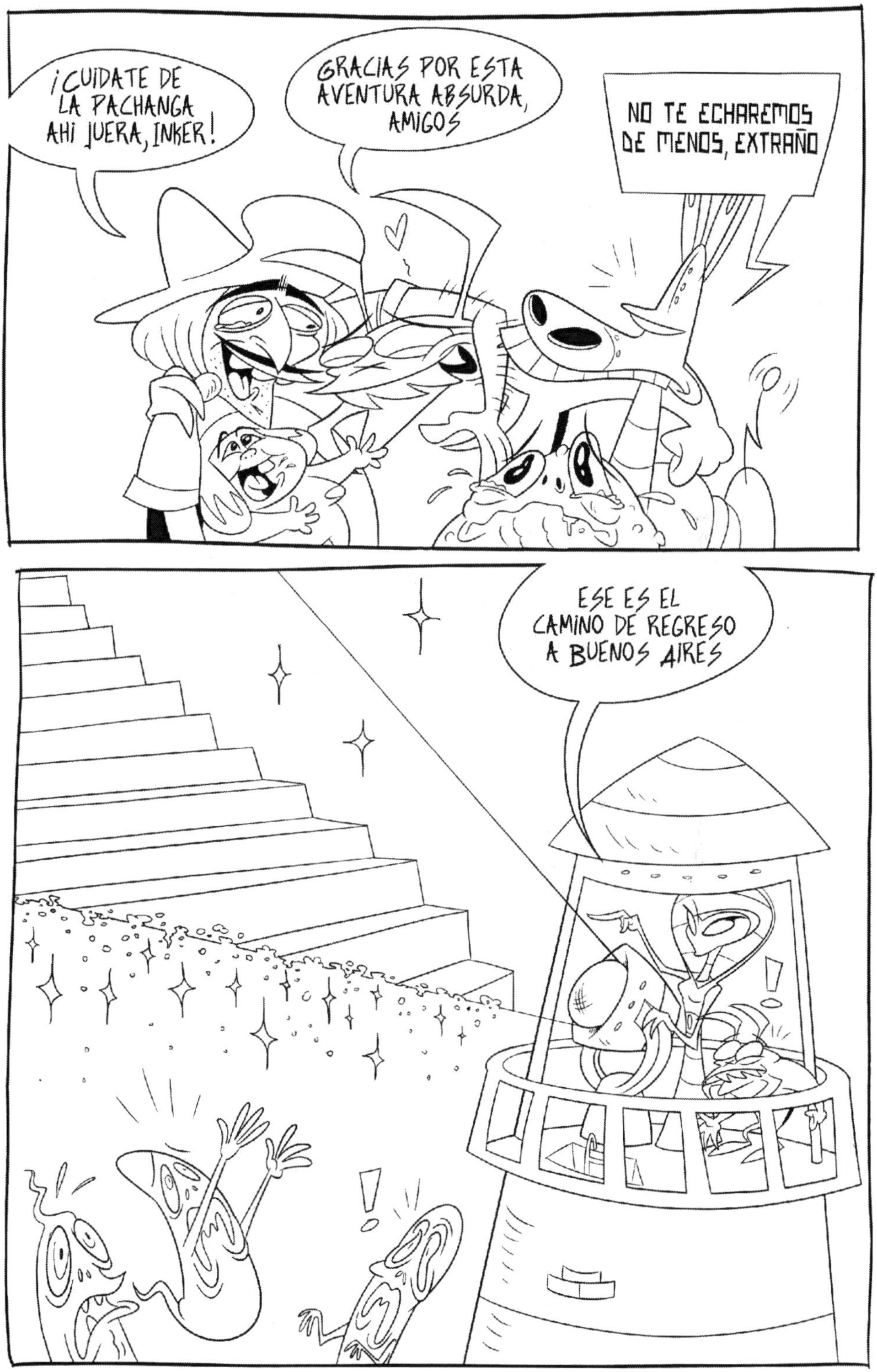

ESE ES EL CAMINO DE REGRESO A BUENOS AIRES

NINGÚN MUERTO PUEDE ATRAVESAR EL ÚLTIMO PORTAL
¿PERO USTEDES VENDRÁN A VISITARME?

¿CÓMO SER FELIZ SI TODO ES FALSO?

NO SOPORTARÉ UNA VIDA SIN TI
SI TE VAS ME MATO...
NO QUIERO PERDERTE...

YO ¡NECESITO ESPACIO!
KRACK!
¿PODEMOS SER AMIGOS?
¿CON DERECHOS?
¡¡¡AAAAAHHH!!!

NUNCA EL AMOR ENCADENA

PORQUE SOY UN CASCARUDO

Y NADIE ME VA...

A DAR...

LO QUE YA TENGO

Bzz!
¡LIBERTAD!
Bzz!
Bzz!
Bzz!
Bzz!

BZZ!

Y NO HAY FANTASMA
QUE ME LA QUITE...

PUM!

¡NO NOS OLVIDES!
YO YA NO SOY EL MISMO

!

Fzzt!
!

POF!
Y YO QUE ME HABÍA DEPILADO LA ENTREPIERNA
CON JUSTA RAZÓN MI AFEITADORA ESTABA ATASCADA...

Capítulo XIV

Dusmort

La irrealidad de los mundos

!
¡¡¡AAAAHHH!!!

?!

PAF!

UN DESIERTO DE ESPEJISMOS Y PUERTAS SURGE DEL UNIVERSO DIMINUTO QUE DUERME EN CADA GRANO DE ARENA
COF...COF...
YA NO SÉ QUIÉN SOY...

¿CUÁL ES LA LLAVE QUE HABRÁ DE REVELAR EL INFINITO? EN LOS REINOS LEJANOS, DE ARENA Y METAL, HA DE MULTIPLICARSE EL SOL POR LAS NOCHES Y SUCUMBIR LAS FIERAS AL PASO PRESUROSO DEL VIENTO QUE PREDICE LA TORMENTA
¿NADA DE ESTO ES REAL?

!

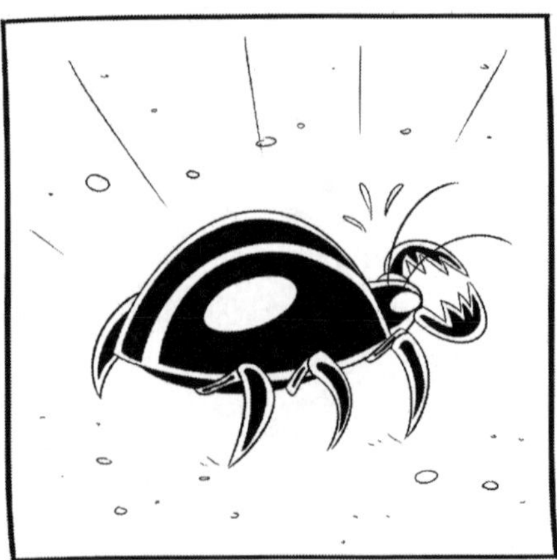

¡¡¡CON SEIS PATITAS
Y TAN LENTO
COMO MI MADRE!!!

?
MMM...PEQUEÑOS INNERNIANOS
¡AH, UNA COLUMNA PARLANTE!
¡VEN AQUI!

TAN LENTO COMO TUS HERMANOS ERES TÚ QUE TE HE ESPERADO 358 SOLSTICIOS TERRESTRES, ENCADENADO A TU INMUNDA INCERTIDUMBRE
¿PERO QUÉ HORA ES?
ME TEMO QUE ALGUIEN SE LLEVÓ MI RELOJ, PERO TÚ ME HAS TRAÍDO ALGO
SOLO TENGO ESTO...
!

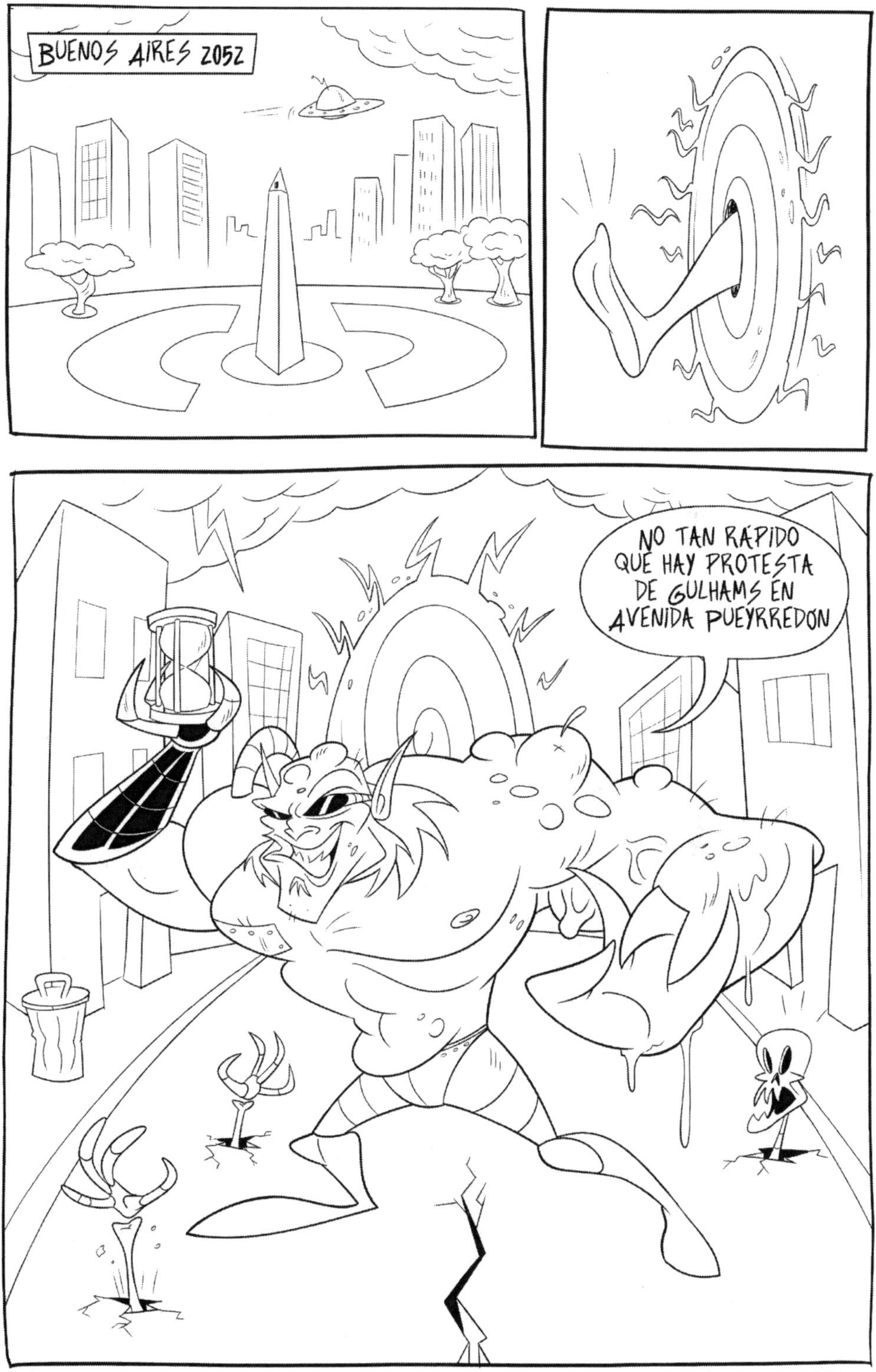

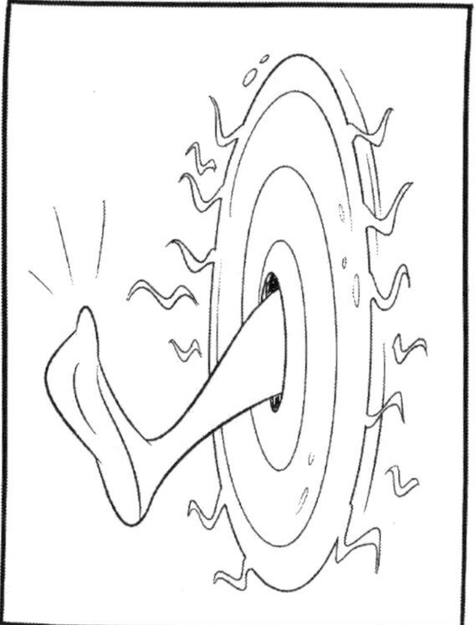

NO TAN RÁPIDO QUE HAY PROTESTA DE GULHAMS EN AVENIDA PUEYRREDON

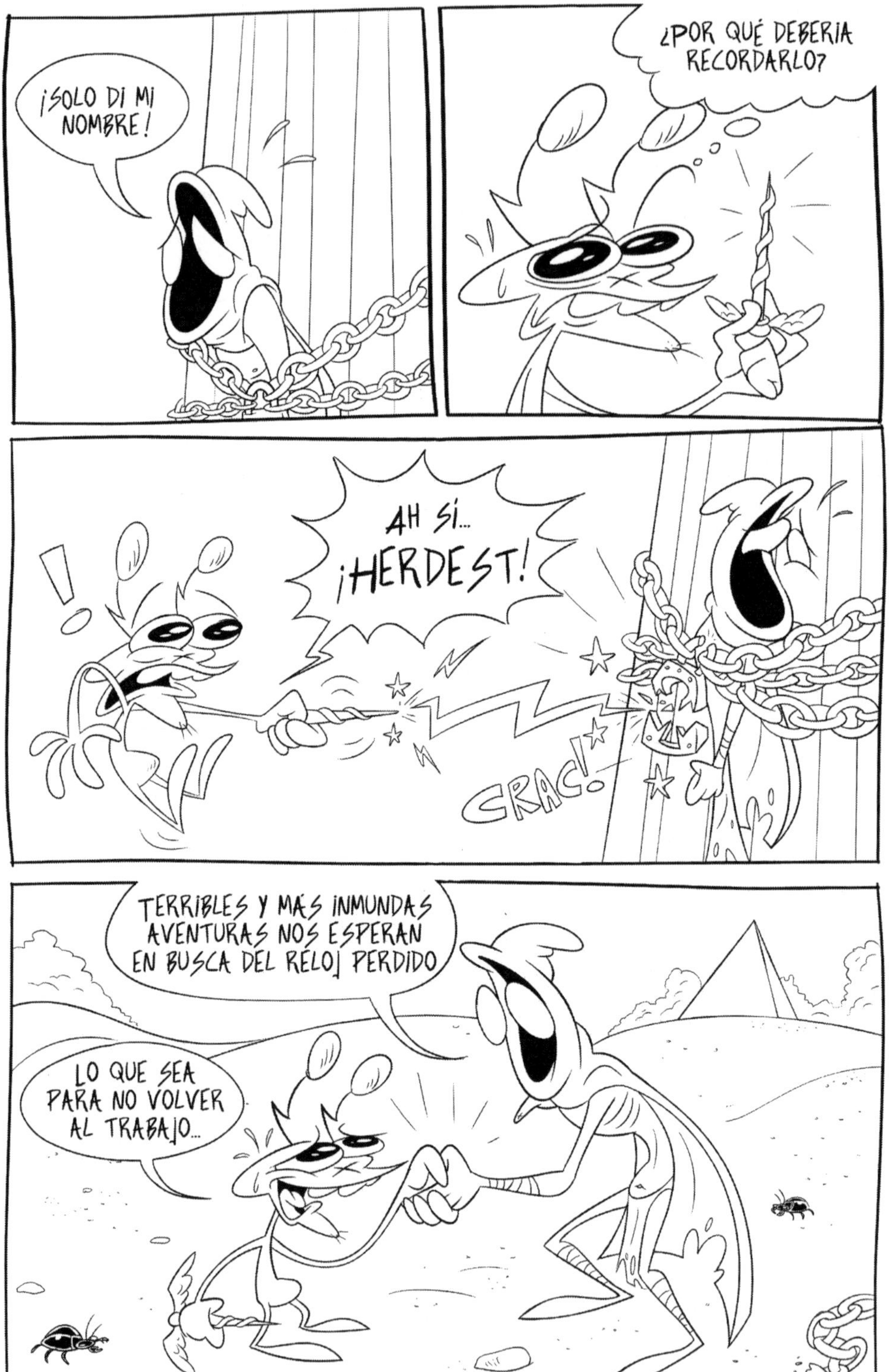

¡SOLO DI MI NOMBRE!

¿POR QUÉ DEBERIA RECORDARLO?

AH SÍ... ¡HERDEST!

CRAC!

¿CONTINUARÁ?...

Edición exclusiva para Amazon

Instagram: ArkhoEdiciones
YouTube: Arkho Ediciones
Facebook: Arkho Ediciones
www.arkhoediciones.com
info@arkhoediciones.com

Made in the USA
Columbia, SC
12 February 2025

53739340R00128